Louis Nötel

Moses I. 2, 18.

Lustspiel in vier Akten

Louis Nötel

Moses I. 2, 18.
Lustspiel in vier Akten

ISBN/EAN: 9783743318274

Hergestellt in Europa, USA, Kanada, Australien, Japan

Cover: Foto ©Andreas Hilbeck / pixelio.de

Manufactured and distributed by brebook publishing software
(www.brebook.com)

Louis Nötel

Moses I. 2, 18.

Moses I. 2, 18.

--

Lustspiel in vier Akten

von

Louis Nötel,

Wien 1881.

Selbstverlag des Autors.

Preis 2 Mark = 1 fl. ö. W.

Der Unterzeichnete behält sich und seinen Erben oder Rechtsnachfolgern das ausschließliche Recht vor, die Erlaubniß zur öffentlichen Aufführung zu ertheilen. Den Bühnen gegenüber als Manuskript gedruckt und dem Theater-Agenten Herrn Gustav Lewy in Wien für Oesterreich-Ungarn, dagegen dem Theater-Agenten Herrn Ferdinand Röder in Berlin für das gesammte übrige Europa und Nordamerika, zum ausschließlichen Bühnendebit übergeben.

Wien, Ende November 1880.

Louis Rötel,
Hofburgschauspieler,
VII., Kirchengasse Nr. 47.

Personen:

Freiin Aurora von Dittersbach.

Freiherr Alexander von Dittersbach, deren Neffe.

Max Dittersbach, dessen Vetter, Gutsbesitzer und Landwehr-Lieutenant.

Dr. Ehrenzweig, Advokat.

Nepomuk Lustig, Professor.

Wenzel Wessely, Schullehrer in Schreckenstein, dessen Bruder.

Idunna,
Rieckchen, } dessen Töchter.

Hermann Odur, genannt Diogenes, ehemals Student.

Olympia,
Victorine, } Künstlerinnen.

Dr. Neufeld, Literat.

Panzer, Referendar.

Konrad, Kammerdiener
Schulz, Gärtner } bei Alexander.

Engelhard, Verwalter auf Schreckenstein.

Gottlieb, ein Bauer.

Ein Gerichtscommissär.

Erster
Zweiter } Lohndiener.

Ein Bursche.

Erster
Zweiter } Zollwächter.

Alexander's Gäste. Bauern. Ein Bursche.

Ort der Handlung: Im ersten Akte auf dem Landsitze Alexander's in unmittelbarer Nähe einer großen Residenzstadt. Die drei letzten Akte spielen theils in Schloß und Dorf Schreckenstein, hart an der Landesgrenze. Zeit: die Gegenwart. Zwischen dem ersten und zweiten Akt liegt ein Zeitraum von sechs, zwischen dem dritten und vierten ein solcher von 14 Tagen.

Rechts und links immer vom Zuschauer.

Erster Akt.

Garten vor Alexanders Villa. Den ganzen Hintergrund füllt die hintere Fronte des Gebäudes aus, vor welchem eine große Veranda befindlich, von der man auf 3 Stufen in den Garten herabgelangt. Die Fenster und Glasthüren des Erdgeschoßes sind von innen erleuchtet, jedoch sind die im Innern befindlichen Vorhänge geschlossen, um dem Tageslicht den Eintritt zu wehren. Der Garten ist auf das Eleganteste hergerichtet. Vorne rechts eine Sprossenlaube von Laubwerk umrankt, darinnen Bank und Tisch. Gegenüber links ein eiserner Gartentisch und zwei Stühle. Wo es herzustellen ist, kann in Mitte der Bühne ein kleines Rondell mit einer Wasserkunst angebracht sein. Jahreszeit: Hochsommer. Wenn der Akt beginnt ist es zwischen 4 und 5 Uhr Morgens.

Erste Scene.

Zwei Lohndiener, gleich darauf zwei Burschen, dann Schulz zuletzt Konrad. Die beiden Lohndiener kommen von links hinten über die Veranda herab und tragen einen großen, mit einer Serviette überdeckten Wäschekorb quer über die Bühne und stellen ihn vor der Laube rechts auf den Boden nieder.

Erster Lohndiener (sieht in die Coulisse rechts). Hast Du Dich nicht getäuscht? Ich sehe Nichts.

Zweiter Lohndiener. Warte nur, ich gebe ein Signal, auf welches meine Jungen schon dressirt sind. (Miaut gleich einer Katze, sofort ertönt von Seite rechts derselbe Ruf als Antwort.) Na, siehst Du, da sind sie schon! (Von Seite rechts kommen zwei stämmige Burschen im Alter von 16—18 Jahren.)

Erster Lohndiener. Rasch fort mit dem Kram. Werdet Ihr den Korb wegkriegen, er ist sehr schwer.

Bursche. Bis zur Landstraße bringen wir ihn schon und dort wartet die Mutter mit der Droschke. (Hebt mit dem zweiten Burschen zusammen den Korb auf.) Es dürfte schon noch schwerer sein.

Zweiter Lohndiener. Du Nimmersatt, für heute ist's genug. Grüß' die Mutter, rasch fort mit euch! (Die Burschen mit dem Korbe rechts vorn ab.) Ich habe mir noch zwei Flaschen Sect bei Seite gesetzt, die trage ich selbst nach Hause. Denn was Getränke anbelangt, da traue ich meinen Buben nicht über den Weg.

Erster Lohndiener. Recht hast Du! Ich mach's ebenso! Man wäre ja ein Narr, wenn man von solchem Ueberfluß nicht etwas für sich bei Seite bringen würde. Dem Baron ist's einerlei, der sagt kein Wort, auch wenn er davon erfahren sollte. (Beide über die Veranda nach links ab.)

Schulz (der hinter einer Statue links den Vorgang mit angesehen, vortretend). Da sieh Einer das freche Diebsgesindel! Es ist unerhört! In Wagen= ladungen schleppen sie die Speisen fort und nehmen sich auch gleich das Geschirre dazu mit. So etwas muß man ansehen und dazu still sein, denn klagt man's dem Herrn, so sagt er höchstens: Sei doch nicht so neidisch und gönne andern Menschen auch etwas, Dir fehlt ja nichts und ich habe übrig.

Konrad (von links hinten über die Veranda herabkommend, trägt auf einer Tab= lette Kaffeekanne und zwei Tassen). G'rade wollte ich zu Dir kommen, alter Herr, und in der Geschwindigkeit ein Täßchen Kaffee schlürfen. Es kann auch hier geschehen. Nach solcher Nacht bekommt der Mokka gut, er weckt die Lebensgeister. (Setzt die Tablette auf den Tisch links und gießt ein.)

Schulz. Ah! Gift und Galle habe ich schon geschluckt! Die fremden Diener schleppen ganze Ladungen von Speisen und Getränken weg und kein Hahn kräht darnach.

Konrad. Ich habe mir den Mund genug verbrannt. Indessen hat das Geprasse nun bald ein Ende erreicht.

Schulz. Wie so ein Ende? Ist's alle mit dem Reichthum?

Konrad. Daß dies nicht geschehen kann, dafür hat der verstorbene Baron schon Sorge getragen.

Schulz. Ja, wie denn? Ist der junge Herr nicht Universalerbe?

Konrad. Bis jetzt noch nicht! Vorläufig genießt er nur die Zinsen des väterlichen Vermögens. Dieses selbst gelangt erst dann in seinen aus= schließlichen Besitz, wenn zwei Jahre nach des Erblassers Tode die Testamentsvollstrecker erklären, daß er sich durch seinen Lebenswandel eines so großen Vermögens auch als würdig erwiesen. Wird das Gegen= theil konstatirt, was ich beinahe vermuthe, so geht die ganze Erbschaft auf die Tante über und er behält nichts als sein Pflichttheil und ein Rittergut an der Grenze.

Schulz. Und die zwei Jahre sind wohl bald um?

Konrad. Heute.

Schulz. Ach Herr Je! Eine brave Frau hätte vielleicht das Malheur abgewendet.

Konrad. Er und eine Frau! Er huldigt zwar der Liebe mehr wie es erlaubt ist, wechselt aber zu häufig den Gegenstand. Nun bald wird er singen können:

> Ihr habt mich zu Grunde gerichtet,
> Ihr Liebchen, was wollt ihr noch mehr!

Schulz. Hohläugig genug sieht er aus. Jammerschade um solch' junges Leben.

Konrad. Still, mir scheint sie brechen auf! Ach nein, zur Abwechs= lung hält wieder einmal Einer eine Rede! Nimm das Geschirr mit weg Alter, wahrscheinlich wird man hier im Freien den Kaffee nehmen. Ich muß wieder hinein.

Schulz. Schade ist's wirklich um ihn; solch' guten Herrn bekomme ich so leicht nicht wieder! (Mit dem Geschirre nach links ab.)

Konrad. Es war hohe Zeit, daß er ging. Dort kommt schon der Advokat Ehrenzweig. Der Alte braucht nicht zu wissen, daß ich mit diesem Heimlichkeiten habe. Das muß ich gestehen, so neugierig war ich lange nicht auf Etwas, wie ich es auf das Nachspiel bin, das dieser Nacht folgen soll. (Geht nach rechts und winkt, halblaut.) Hier, Herr Doktor, hier! (Im Augenblick, wo Ehrenzweig auftritt, ertönt im Innern des Hauses unter Klavierbegleitung der Chor aus Don Juan „Hoch soll die Freiheit ꝛc." dann lärmendes Anstoßen der Gläser, Lachen ꝛc.)

Zweite Scene.

Konrad. Ehrenzweig.

Ehrenzweig (nachdem der Chor zu Ende). Hei, da geht es ja lustig zu! Wie schade, daß die Tante diesen Teufelssang nicht hörte!

Konrad. Nach Ihrem Schreiben glaubte ich annehmen zu dürfen, das gnädige Fräulein würde selbst kommen.

Ehrenzweig. Ist auch gekommen. Sie sitzt mit ihrer Jungfer drüben auf der Bahnstation. Ich wollte erst ein wenig das Terrain rekognosziren.

Konrad. Soll ich einen Wagen hinüber schicken?

Ehrenzweig. Nein; das würde zu viel Aufsehen machen. Die kurze Strecke kann das Fräulein auch zu Fuße gehen. Wohl aber könnten Sie Jemanden hinsenden, der sie hergeleitet und ungesehen von den Gästen irgendwo im Hause unterbringt.

Konrad. Das kann der Gärtner besorgen; in seiner Wohnung können Sie auch bleiben, bis die Gesellschaft abgefahren ist. Ich denke, es muß bald zu Ende gehen. Aber nicht wahr, Herr Doktor, völlig zu Grunde richten wird man den Herrn doch nicht. Es sollte mir wirklich leid thun. Man hat doch auch sein Gewissen.

Ehrenzweig. Besorgen Sie nichts, Sie Biedermann! Sie kennen ja die Tante. Ein Herz wie Butter an der Sonne. Es hat Mühe genug gekostet, sie zu diesem Schritte zu bestimmen.

Konrad. Ich muß hinein. Den Gärtner werde ich noch schnell verständigen und bin dann so rasch als möglich wieder bei Ihnen. (Ab Seite links.)

Ehrenzweig. Geh', geh', Du ehrlicher Spitzbube! Der Kerl hat sich seine Nachrichten theuer genug bezahlen lassen. Das Geschäft muß es einbringen. Die Tante muß das große Erbe antreten und meine Frau werden, ich lasse alle Minen springen. Umsonst will ich nicht so lange den Hausfreund gespielt haben. — Allerdings reizt mich nur das Vermögen; denn an der empfindsamen alten Jungfer, die immer noch von ihrer unvergeßlichen ersten Liebe, ihrem Herrn Odur, schwärmt, ist mir verdammt wenig gelegen. Unsinn! Ich bin eine praktischer angelegte Natur.

Ist sie erst meine Frau, mag sie in Gottesnamen schwärmen, so lang'
sie will, ich schwärme nur allein für's liebe Geld! Aha, da werden die
Thüren aufgemacht. Ich verschwinde! (Ab Seite links.)

(Die große Mittelthüre wird von den Lohndienern geöffnet, in der Folge auch die
Seitenthüren, die Vorhänge indeß erst auf das gegebene Stichwort. Man hört von
nun ab jedes im Innern des Hauses gesprochene Wort deutlich in's Publikum. Im
Momente, wo Ehrenzweig abgeht, wird von der Gesellschaft ein dreimaliges Hoch
ausgebracht, man hört Gläser klingen, dann tritt plötzliche Stille ein und man hört
Olympia in übermüthiger Champagnerlaune hinter den Vorhängen sprechen.)

Olympia. Und nun keinen Tropfen mehr! Auf Fenster und Thüren!
Löscht aus die Feuer der heiligen Nacht und uns umstrahle das Allge-
meingut der Menschheit — entgeisterndes Sonnenlicht!

(Die Vorhänge werden zurückgeschlagen und die Gaskronen im Innern ausgelöscht.
Man sieht in einem mit großem Luxus ausgestatteten Gartensalon, worin eine Gesellschaft von Herren und Damen in eleganten Sommertoiletten sichtbar wird, welche
auf die Veranda tritt und mit Alexander auf die Bühne herabkommt, sich dann in
einzelne Gruppen auflöst und nach und nach dieselbe verläßt. Konrad wird im Salon
sichtbar, wo er die abräumenden Lohndiener an dieser Beschäftigung hindert und
mit ihnen abgeht.)

Dritte Scene.

Alexander. Idyna. Olympia. Viktorine. Neufeld. Panzer. Lustig.
Max.*) Gäste. In der Folge Lohndiener, welche Kaffee serviren.

Alexander (an Olympia's Rede anschließend). Noch nicht, noch nicht!
O weh, zu spät! Warum so früh schon die Ernüchterung?

Olympia (die mit Alexander die Stufen herabsteigt). Der Schritt vom Cham-
pagner zum schwarzen Kaffee ist genau so weit wie der vom Erhabenen
zum Lächerlichen und verdient in anderer Beleuchtung gethan zu werden.

Neufeld (schwärmerisch). O herrlich ist's im Grünen!

Panzer (setzte sich mit einigen Damen in die Laube rechts und winkt den ser-
virenden Diener zu sich heran). Hierher den Mokka, Freund, hier ist es
schön, hier laßt uns Hütten bauen!

Viktorine. Warum nicht gar, Hütten bauen, es ist ja heller Tag, ich
sehne mich nach Hause.

Neufeld (der sich auf einen Stuhl links setzte). Jawohl, jawohl, mein
müder Geist bedürfte längst der Ruhe!

Olympia (zu Alexander). Da sehen Sie, so geht der Mensch zu Ende!
Selbst der Sänger Apoll's, der eben noch die Nacht im Liede pries,
kann sich nur mühsam noch des Schlaf's erwehren. Auf, zweiter Schiller,
auf! Die Lerche steigt empor zum blauen Aether. Begrüßen Sie die neu-
verjüngte Erde und dichten Sie einen Hymnus an den jungen Tag!

Neufeld. Schönste der Grazien, gönnen Sie mir nur für wenige
Minuten des Schlafes liebliche Umarmung, dann will ich wieder ganz
der Ihre sein.

*) Max geht das ganze Stück durch in Civilkleidung.

Olympia. Und Sie nennen sich einen Dichter? Schwächling! Nehmen Sie sich ein Beispiel an dem großen Lyriker, der sich hinter dem Pseudonym Diogenes versteckt. Wie richtig sagt er: Es löscht der bleiche Tag Begeisterung aus!

Iduna (lebhaft). Sie kennen Diogenes?

Olympia. Gewiß, ich schwärme für seine Dichtungen. Sie nicht auch?

Iduna. Um zu schwärmen ist meine Natur nicht ideell genug angelegt. Aber ich lese seine Novellen und Romane mit großem Interesse.

Viktorine. Aber wirklich es ist hohe Zeit! Der Herr Baron ist wohl so gut Auftrag zu geben, daß man die Wagen richtet.

Alexander. Gewiß, gewiß! Ein Viertelstündchen wird es aber dauern; Sie brachen auch gar so plötzlich auf. (Leise zu Max). Geleite die Gesellschaft nach dem Garten und lasse mich mit Iduna hier allein.

Max (ebenfalls leise und rasch). Ganz recht, ganz recht! Benütze den Augenblick, versichere Dich ihres Jaworts, in der gehobenen Stimmung wirst Du es am ehesten erlangen.

Lustig (der rechts vom Zuschauer neben Iduna steht). Ich möchte abfahren; ich weiß genug.

Iduna (halblaut). Lasse mich noch ein paar Minuten mit ihm allein.

Lustig. Ich dächte, es wäre Schlafenszeit.

Iduna. Es war Dein Wunsch, daß ich hieher kam. Ich wollte es nicht; nun ich einmal hier bin, halte ich es sogar für Pflicht, mit ihm zu sprechen.

Lustig. Hat's keine Gefahr?

Iduna (ihn fest ansehend). Ich denke, Du kennst mich!

Lustig. Man spricht vergebens viel um zu versagen.

Iduna (lächelnd). D'rum höre er im Voraus gleich das Nein!

Lustig. Gut. (Wendet sich zu Olympia, bietet ihr ohne jegliche Galanterie den Arm und sagt kurz:) Darf ich bitten?

Olympia (halblaut). Um Gotteswillen, der steinerne Gast! (Laut). Ich danke, Herr Professor, dieser Ehre bin ich noch nicht würdig. (Zu Neufeld.) Kommen Sie, kleiner Tasso, leihen Sie mir Ihren Arm und flöten Sie mir ein zartes Minnelied in's Ohr!

Neufeld (sich erhebend). O süßer Schlaf — — —

Olympia. Schämen Sie sich; wer wird immer vom Schlafen reden! (Halblaut.) Sehen Sie nicht, daß der Baron mit Iduna gern allein sein möchte. So fordert's doch die Artigkeit — — —

Neufeld. Ihnen aus dem Wege zu gehen? Meine Damen, des Sängers Fittige, sie sind zu Ihrem Dienste. (Hält beide Arme von sich ab, woran sich Olympia und Viktorine lachend hängen und mit ihm abgehen).

Max (der bisher leise und eindringlich mit Alexander sprach), geht zu Iduna, die sich eben von Panzer verabschiedet). Ich lasse Sie mit dem Baron allein. Benützen Sie den günstigen Augenblick. Vergessen Sie nicht, er ist Millionär und ich — nun Sie wissen ja — —

Iduna (indignirt). Herr Lieutenant, ich verstehe Sie nicht!

Max. Aber Verehrteste, spielen Sie doch nicht die Gekränkte. Ich meine es ja so gut mit Ihnen.

Iduna. Herr Baron, ich bin Ihr Gast; schützen Sie mich vor diesem Zudringlichen.

Alexander (halblaut zu Max). So geh doch, geh!

Max (komisch kläglich). Daß ich aber auch nie richtig verstanden werde! (Links ab.)

Vierte Scene.

Iduna. Alexander.

Alexander. Endlich allein! Lassen Sie mich diesen lange schon ersehnten Augenblick benützen, lassen Sie mich ohne weitere Einleitung gestehen, daß ich Sie liebe, über jeden Ausdruck liebe, daß ich Sie anbete, daß ich —

Iduna (mit komischem Pathos einfallend). Um Ihren Besitz Millionen opfern, Ihnen sogar mein adeliges Wappen zu Füßen legen würde. (Lachend.) Aber, Herr Baron, warum denn so pathetisch, für derlei Phrasen steht die Sonne doch schon etwas zu hoch!

Alexander. Es ist mein völliger Ernst.

Iduna. Dann allerdings ist es schade, daß ich all' diese verlockenden Anerbietungen zurückweisen muß. Um so mehr bedauerlich, als dieser arme Schelm, Ihr Vetter Max, die Aussicht seine pekuniären Verhältnisse ordnen zu können, auf unbestimmte Zeit hinausgeschoben sieht. (Setzt sich links.) Dieser arme Max! Wie theuer wäre wohl der Kuppelpelz gewesen, den er bei diesem Arrangement verdienen konnte?

Alexander. Fräulein, das war — nicht schön von Ihnen.

Iduna. Ich will Sie ja nicht kränken, Herr Baron; aber Sie kennen mich heute noch ebenso wenig wie vor zwei Monaten, als Ihr Vetter Sie bei uns einführte. Es ist nöthig, daß Sie mich genauer kennen lernen. Dies bestimmte mich auch zum Theil die Einladung zu Ihrem Feste anzunehmen. Die Welt wird sich wundern, wenn sie vernimmt, daß Iduna Wessely einer Einladung des Baron Dittersbach Folge leistete, eines Mannes, der nicht wie Maria Stuart von sich behaupten kann: er sei besser als sein Ruf. Aufrichtig, lieber Baron, nahm Sie es selbst nicht Wunder?

Alexander. Offen gestanden — ja! Um so mehr aber mußte mich Ihr Erscheinen beglücken. Glaubte ich doch darin ein Zeichen von Zuneigung erblicken zu dürfen. — —

Iduna. Sie irrten sich aber in mir, wie sich schon Mancher irrte, der mich für nichts Besseres hielt als für ein leidlich schönes und begehrenswerthes Weib. Ich erlaube mir eine etwas bessere Ansicht über mich selbst zu hegen. Ihr Vetter aber kannte mich schon längere Zeit, er hätte Sie wohl darauf aufmerksam machen können, daß, wenn auch Iduna Wessely ihre Salons nicht gerade hermetisch verschließt, doch nie ein Blick, geschweige denn ein Wort von ihr, zu Anträgen Veranlassung gab, die sie auf's Tiefste kränken und beleidigen müssen.

Alexander. Sie sind hart und ungerecht, Iduna. Nie kam ein achtungs= widriges Wort über meines Vetters Lippen und allein das hohe Interesse, welches er bei jeder Gelegenheit für Sie an den Tag legte, regte in mir den Wunsch an, Sie persönlich kennen zu lernen.

Iduna. In Wahrheit? Nun, das versöhnt mich ihm wieder. Ich mag Max ganz gerne leiden. Schade, daß er in so brouillirten Beziehungen zu seinem Hauptbuche steht. Doch da fällt mir der Pelz wieder ein; entschuldigen Sie meine Neugier, wie kostbar wäre er wohl gewesen?

Alexander (ernst). Mein Vetter hat mir einen großen Dienst erwiesen und diesen nach seinem vollen Werth zu belohnen, behielt ich mir noch vor, wenn ich am Ziele bin.

Iduna. Am Ziele?

Alexander. Wenn ich als hochbeglückter Gatte Sie vom Altare in mein Haus geführt.

Iduna (sieht ihn zweifelnd an). Das ist Ihr Ernst?

Alexander. Mein Ehrenwort zum Pfande!

Iduna. Gut, ich glaube Ihnen.

Alexander. Und darf ich hoffen?

Iduna. Herr Baron, von diesem Augenblicke an gestatte ich Ihnen mich als Ihre Freundin zu betrachten. Das ehrliche Wort, daß der kleine Liebesroman am Altare seinen Abschluß finden soll, erhebt Sie in meinen Augen über das Niveau des Gewöhnlichen und sichert Ihnen meine Theilnahme an Ihrem Schicksale auch für die Zukunft. Gestatten Sie der Freundin ein offenes Wort. Sie stehen vor einem Abgrund. Retten Sie sich selbst durch einen kräftigen Entschluß. Entsagen Sie Ihrem bisherigen Leben. Wenden Sie sich geregelter Thätigkeit zu, werden Sie ein nützliches Glied der menschlichen Gesellschaft und ich will Sie achten, schätzen, lieben — wie einen **Bruder** —, mehr **kann** und **darf** ich nicht. Doch brechen wir ab. Wir sprechen uns vielleicht zu anderer Zeit, an anderem Orte wieder. In die Residenz kehre ich nicht mehr zurück.

Alexander. Wie das? Ich glaubte Sie für immer hier gebunden?

Iduna (ohne Sentimentalität). Man hält nur den, der noch des Haltens werth. Ich habe meinen Höhepunkt schon überschritten und trete ab, eh' man mich's fühlen läßt.

Alexander. Sie, die Gefeierte, Sie treten ab vom Schauplatz Ihrer Siege? Oh, Sie scherzen nur.

Iduna. Mein Freund, ich unterschätze, doch ich überschätze mich auch nicht. Das, was man als Sängerin aus mir machte, war ich in Wahr= heit doch wohl nicht! Die Kritik ist galant gegen junge Damen, umso mehr wenn sie nicht geradezu häßlich sind. Ich ehre meine Kunst hoch und weil ich das thue, trete ich vom Schauplatz meiner Thaten ab. — Nichts ist mitleiderregender als ein Bühnenkünstler, der genöthigt wird an den Ruf seiner Vergangenheit appelliren zu müssen. Ich will zu diesen nimmermehr gehören.

Alexander. Und was denken Sie zu beginnen?

Iduna. Ich kehre wieder in mein stilles Dorf zurück, von wo ich vor fünf Jahren schied, um die heißen weltbedeutenden Bretter zu betreten. Führt Sie einmal der Zufall — — oder Ihr Verhängniß in jene Gegend, die ich aus guten Gründen nicht näher bezeichne — so seien Sie glücklich im Anschauen meines Glück's und — darum bitte ich recht herzlich — stören Sie es nicht. Die Gesellschaft bricht auf. Geben Sie mir die Hand und bleiben Sie mir gut.

Alexander. Iduna, noch gebe ich die Hoffnung nicht auf. Meine letzten Kräfte will ich zusammenraffen um mir Ihre Achtung zu gewinnen und besitze ich diese erst — —

Iduna. Dann läßt sich über alles Weitere reden. Und nun behüte Sie Gott —

Alexander. Wenn ich aber Ihren Aufenthalt entdecke und eines Tages plötzlich vor Ihnen stehe?

Iduna. Dann sollen Sie der Freundin recht willkommen sein.

Fünfte Scene.

Vorige. Konrad. Lustig. Max.

Konrad. Die Herrschaften sind bereits eingestiegen. Man möchte sich von dem gnädigen Herrn verabschieden.

Alexander. Ich komme im Augenblick. Ich begleite die Herrschaften ein Stück Weges.

Konrad (ab Seite rechts).

Max (leise zu Alexander). Nun seid ihr einig?

Alexander (ebenso). Weniger als je.

Max. Na, dann bin ich geliefert! Dann lasse mich nur begraben, denn ich auf meine Kosten kann es nicht.

Iduna (scherzend zu Max). Ei, ei, Herr Lieutenant, Sie wollten ja wohl ein Heiratsbureau etabliren? Wie schade, daß ich Ihnen dabei nicht als Reklame dienen kann.

Max. Verehrteste — lassen Sie sich erzählen —

Iduna. Ich habe nicht mehr Zeit Sie anzuhören. Aber erleichtern Sie meinem Onkel gegenüber Ihr Herz. (Zu Lustig.) Bleibe noch kurze Zeit bei ihm zurück. Er gehört zur Familie, vielleicht kannst Du noch Einiges erfahren, das Dir nützt. (Zu Alexander.) Herr Baron, ich bitte, um Ihren Arm!

Alexander. Mein Wagen wird Sie bis zu Ihrer Wohnung bringen; darf ich Sie bis zum Stadtthore begleiten?

Iduna. Ich bitte darum. Auf Wiedersehen, Onkel und recht bald, nicht wahr? (Ab mit Alexander Seite rechts hinten.)

Sechste Scene.

Lustig. Max.

Max (sehr aufgeregt hin und hergehend). Aus der Heirat wird nichts, dann bin ich verloren! Wo soll ich jetzt das Geld hernehmen meine Wechsel zu bezahlen? (Plötzlich vor Lustig stehen bleibend.) He? woher?

Lustig (sieht ihn stumm an, fragt dann in gleichgiltigem Tone). Sie wünschen?

Max. Es ist kostbar! Sagen Sie mir, verehrter Herr Professor, sind Sie immer so apathisch? Können Sie sich für gar nichts mehr begeistern?

Lustig. Für Ihre Schulden sicher nicht.

Max. Das sollten Sie aber, wenn Sie menschliches Fühlen in sich verspürten. Ich muß mich auch dafür interessiren, wenngleich ich's nicht gern thue. — Alexander ist ein so guter Junge, so vornehm und reich — und sie, als seine Frau, hätte mir leicht aus der Patsche helfen können — denn er darf es leider nicht.

Lustig. Warum nicht?

Max. Weil er seinem seligen Papa am Sterbebette versprechen mußte, mir nicht mehr zu helfen.

Lustig. Warum das?

Max. Das läßt sich so kurzweg nicht beantworten. Wenn Sie etwas wissen wollen, müssen Sie alles hören. Glücklicherweise ist die Geschichte weniger lang als trüb. Wollen Sie sie hören?

Lustig. Ich höre.

Max. Daß ich bis über die Ohren in Schulden stecke, wissen Sie?

Lustig. Wer wüßte es nicht?

Max. Bon! Wer wüßte es nicht! Sie sollen recht haben. Beharren Sie nur bei dieser vielsagenden Kürze. Sie können lange lauern, bis ich in einen gleich knappen Styl verfalle.

Lustig. Ich harre der Erzählung.

Max. Schön. Sehen Sie, daß ich so in Schulden stecke, ist durchaus nicht meine Schuld; deßwegen genire ich mich auch nicht ganz offen darüber zu sprechen. Ich kam schon verschuldet auf die Welt. Als Universalerbe meines Vaters sah ich mich schon als kleiner Knabe im Besitze einer kolossalen Schuldenlast. Daß ich mit Alexander verwandt bin, wissen Sie, nicht wahr?

Lustig. So hörte ich.

Max. Sein Großvater und der meine waren Brüder. Der seine wurde in Folge seiner Verdienste um Hebung der Industrie des Landes in den Adelstand erhoben. Der Meinige supplicirte zwar um dieselbe Gnade, wurde aber wegen Mangel an Beweis freigesprochen. — Sein Großvater wurde ein steinreicher Mann; der Meinige blieb arm bis an sein seliges Ende; sein Sohn machte es ebenso und seinem Enkel dürfte es, wie Figura zeigt, kaum besser gehen. Aber um wieder auf besagten Schöps zu kommen, so stand ich als fünfjähriger Knabe schon ganz allein und schuldbeladen in der Welt. Mein Onkel, Alexanders Vater, mehr aber noch dessen Schwester Aurora —

Lustig. (Bei Nennung des Namens plötzlich auffahrend). Aurora!

Max. Jawohl. Aurora von Dittersbach. — — Fehlt Ihnen etwas?

Lustig. Nein, fahren Sie fort.

Max. Sagen Sie, haben Sie vielleicht einmal an einer Nordpol-expedition Theil genommen?

Lustig. Nein. Warum?

Max. Ich dachte, es müßte Ihnen bei der Gelegenheit die Sprache eingefroren und noch nicht wieder aufgethaut sein.

Lustig. Erzählen Sie oder ich?

Max. Nein, ich. Entschuldigen Sie den kleinen Abschwiff. Wo standen wir? Ja, richtig, bei der Tante Aurora — also diese Beiden nahmen sich des schuldvollen Knaben an, ließen mich erziehen, aber lernen, so was man lernen nennt ließen sie mich eigentlich nichts. Nachdem ich meine Militärzeit abgedient und als Secondelieutenant der Landwehr entlassen war, merkte ich erst, daß ich schon längere Zeit verlassen war; denn mit einem Male fielen Menschen beiderlei Geschlechts, deren Anzahl Legion war, über mich her und verlangten Zahlung ihrer diversen Guthaben. Das war mir etwas ganz Neues. Noch nie hatte ich eine Rechnung bezahlt. Ich dachte, dazu seien Onkel und Tante auf der Welt! Es gab großen Skandal. Schließlich zahlte zwar der Onkel, bemerkte mir aber bei dieser Gelegenheit: ich sei ein Thunichtgut, der keinen Trieb zur Selbstständigkeit in sich fühle! Was sagen Sie?

Lustig. Nichts!

Max. Das ist das einzig Richtige. Nichts! Ich sagte auch nichts, denn ich war starr vor Entrüstung. Um kurz zu sein, man fand für gut mich mit der Tochter eines Rittergutsbesitzers zu verheiraten, ohne mich aber vorher zu fragen, ob ich auch Neigung verspüre. — Schön, ich heiratete.

Lustig. Nun waren Sie Ihre Schulden los?

Max. Im Gegentheil, jetzt kam ich erst recht hinein, denn auf dem Rittergut, das meine Frau mit bekam, war alles, sogar der Schäferhund schon mit einer Hypothek belastet. Und dann — verstehen Sie etwas von Oekonomie?

Lustig. So viel wie nichts.

Max. Das ist auch mein Fall! Nun glaubte ich, meine Frau verstünde etwas davon, weil sie doch auf dem Lande groß geworden war. Aber Gott bewahre! Sie kann heute noch kein Schaf von einer Ziege unterscheiden. Nun wirthschaften Sie einmal bei solchen Kenntnissen.

Lustig. Was geschah nun?

Max. Eine Zeit lang gar nichts, dann starb mein Onkel und Alexander durfte nichts mehr für mich thun aus schon früher angeführten Gründen.

Lustig. Und Tante Aurora?

Max. Hatte ebenfalls geschworen. Konnte auch nicht mehr. Sie hatte sich schon aus Liebe zu mir beinahe ruinirt. Alexander aber möchte mir gerne helfen und hatten wir auch bereits einen Ausweg gefunden: daß nämlich, wenn er verheiratet ist, seine Frau mich unterstützen soll, ohne daß er davon zu wissen brauche. Nun habe ich die Bekanntschaft zwischen ihm und Iduna zu Stande gebracht, es wäre eine Ehe geworden, zu welcher die Engel im Himmel Amen gesagt haben würden; alles war in Ordnung — ein Wechsel von 15.000 Mark, der bezahlt werden soll, war auch vorhanden, nun ist's auf einmal wieder nichts. Die Sache wird verschleppt! Bei mir aber heißt es: periculum in mora. Verstehen Sie lateinisch?

Lustig. Nein, aber böhmisch.

Max. Ach, Du lieber Gott! Wie kommen Sie denn dazu?

Lustig. Meine Muttersprache.

Max. Die Sprache Ihrer Mutter, dann ist's allenfalls zu entschuldigen. Bei mir heißt's also: Gefahr im Verzuge! Denn besagter Wechsel ist bald fällig, und kann ich ihn nicht honoriren, so nimmt man mir das Rittergut mit sammt den Hypotheken und läßt mir höchstens die Frau.

Lustig. Ihre Lage ist freilich nicht beneidenswerth. Haben Sie Kinder?

Max. Das könnte mir gerade noch fehlen. Gottlob! Nein! Ach wenn sich Ihre Nichte doch entschließen möchte!

Lustig. Die Hoffnung geben Sie auf.

Max. Sagen Sie mir nur, warum will denn das Fräulein meinen Vetter nicht heiraten?

Lustig. Weil sie nicht darf.

Max. Und wer verbietet's ihr?

Lustig. Ihr Herz und ihr Gewissen. Adieu! (Ab rechts.)

Siebente Scene.

Max (allein, verdutzt). Poroucim se! Bleiben Sie mir gewogen. — Jetzt bin ich gerade so klug wie zuvor und habe ganz umsonst diesem wandelnden Petrefactum meine Verhältnisse auseinandergesetzt! Ihr Herz und ihr Gewissen verbieten ihr eine Verbindung mit Alexander? Gehörte sie vielleicht schon einem Andern an? Ach welch' ein Gedanke dämmert in mir auf. Ein paar Worte böhmisch verstehe ich auch. Dieser versteinerte Professor heißt Lustig, die angebliche Nichte nennt sich Wessely, heißt zu deutsch: lustig! Richtig — dieser ihr Vater sein könnde Onkel ist ihr Mann! So ist es! Daß man bei diesen Damen vom Theater aber auch nie weiß, woran man ist! Da wurde ich ja wieder einmal ganz anständig dupirt. Doch tritt dies Alles vor der einen Frage in den Hintergrund: wie bezahle ich meinen Wechsel? (Wendet sich zufällig nach rückwärts und blickt in die offene Saalthüre.) Nun blieben denn noch Gäste zurück? Ich erinnere mich gar nicht, diese früher gesehen zu haben. (Setzt sein Pince-nez auf.) Eine ältliche Dame? Alle guten Geister, das ist, so wahr ich kein Geld habe, meine Tante! Und dieser hagere Graukopf mit der Brille; — nein, ich irre nicht, das ist ja der Advokat Ehrenzweig, der sich schon öfters das Vergnügen machte, meine Wechsel aufzukaufen um dann mit unerhörter Strenge gegen mich vorzugehen. Mein allerintimster Feind! Wie kommt denn die Tante mit dem und gerade hier zusammen? Neugierig bin ich sonst nicht, aber was das zu bedeuten hat, das nimm mir Niemand übel, das muß ich wissen! (Steigt hinter der Laube rechts auf den Sprossen in die Höhe, so daß er über derselben dem Publikum sichtbar bleibt.)

Achte Scene.

Max versteckt. Aurora. Ehrenzweig. Konrad von der Veranda herabkommend.

Ehrenzweig. Sie haben sich nun durch den Augenschein überzeugt, daß der Lebenswandel des Herrn Neffen auch die leiseste Hoffnung auf Umkehr ausschließt und es die höchste Zeit wäre, selbst wenn der Testator nicht den Termin festgesetzt hätte, die für diesen Fall von ihm getroffenen Bestimmungen auf's Genaueste zum Vollzug zu bringen.

Aurora. O mein Himmel, daß es so weit kommen mußte! Daß ich gezwungen bin hart zu erscheinen, während mein Herz von Mitleid überquillt.

Ehrenzweig. Haben Sie sich einen Vorwurf zu machen? Haben Sie ihn nicht oft genug gewarnt? Wurden nicht alle Ihre Ermahnungen in den Wind geschlagen?

Aurora. Leider, leider! Ich habe ihm so häufig geschrieben, aber er ignorirte meine Briefe gänzlich. (Setzt sich links).

Konrad. (Der vor der Laube rechts steht, halblaut zu Ehrenzweig). Er hat ja keinen einzigen erhalten. Ihrem Auftrag zu Folge unterschlug ich sie sämmtlich und sandte sie Ihnen.

Ehrenzweig. Still jetzt davon; Sie werden Ihren Lohn erhalten.

Max (halblaut). Nette Gesellschaft!

Konrad (erschrickt und sieht forschend in's Gebüsch).

Ehrenzweig. (Zu Aurora). Er hat mit Ihnen von jeher sein Spiel getrieben. — Auch hielt er Sie für viel zu gutmüthig, als daß er hätte befürchten sollen, Sie würden von dem Rechte, das Ihnen der Verstorbene eingeräumt, jemals zu seinem Nachtheile Gebrauch machen.

Aurora (rasch einfallend). Das will ich auch nicht; nein, wahrhaftig nicht! Nur schrecken soll es ihn, mehr gewiß nicht!

Ehrenzweig. O über die Schwäche einer Frau! Bleibt ihm denn nicht immer noch mehr als genug? Wie viele Millionen Menschen würden sich überreich wähnen, würfe ihnen das Schicksal nur so viel zu, wie

Ihr verschwenderischer, ungerathener Neffe nach der Enterbung immer noch behält.

Max (halblaut). Enterbung? Was wäre das?

Aurora. Er ist ein guter Mensch, das lasse ich mir nicht abstreiten. Er war von Jugend auf zu viel sich selbst überlassen.

Ehrenzweig. Sei dem, wie ihm wolle. Sie sahen selbst, wie er im Sündenpfuhl sich heimisch fühlt. Blicken Sie doch auf das Tohuwabohu hin. Ist das die Wohnung eines gesitteten Edelmannes? Das schöne Geld, dort liegt es auf der Erde! Der Staub der Landstraße ist vom Weine gelöscht, der aus zerbrochenen Flaschen in Bächen über die Stufen hinabläuft. O Sodom und Gomorrha! Wehe über ihn!

Max (halblaut). Nana, nana!

Aurora. O ich bin recht unglücklich!

Ehrenzweig. Sie waren immer viel zu gut und schwach. Auch gegen Ihren andern Neffen, den Taugenichts! Und um wie Vieles wären Sie schon ärmer, hätte ich, als Ihr guter Engel, weiteren Wohlthaten nicht einen Riegel vorgeschoben. Ich war es, der den seligen Baron dazu bestimmte, Ihnen und seinem Sohne einen Eid abzunehmen, dem mißrathenen Vetter Max nicht ferner Unterstützung zu gewähren.

Aurora. Ach, meinem Herzen stehen Beide doch so nah'!

Ehrenzweig. So? Der Taugenichts auch, der Lieutenant, der Schulden auf Schulden häuft? Wie Vieles that ich schon, um Ihnen Kummer zu ersparen. Meine eigenen kleinen Ersparnisse griff ich an, um seine Accepte einzulösen. Jetzt eben erst übernahm ich ein solches in Höhe von 15.000 Mark. Doch übe ich diesmal keine Nachsicht; zahlt er nicht, so bringe ich Haus und Hof unter den Hammer.

Max (schreit wüthend). Ih Du Hallunke, hole Dich der Teufel! (In diesem Momente brechen die Sprossen unter seinen Füßen und er fällt durch das Blätterwerk in die Laube hinein.)

Aurora (heftig erschrocken). Himmel, was war das?

Konrad (ebenso). O weh, der Lieutenant! Er hörte Alles!

Ehrenzweig. Der Vetter Max!

Max (sich aufrichtend). Jawohl, der Vetter Max! Das ist Ihnen wohl unangenehm, Herr Doktor? Was erzählten Sie da für Geschichten? Sie hätten mir etwas Gutes erwiesen? Gleich einem Vampyr haben Sie mir das Blut ausgesogen! Es scheint Ihnen ja ungemein viel daran zu liegen, meinen Vetter und mich ruinirt zu sehen! Hören Sie, Tantchen, von diesem dunklen Ehrenmanne kann ich Ihnen Geschichten erzählen — na, Sie werden Augen machen. Aber erst will ich Alexander entgegen eilen, er soll wenigstens nicht unvorbereitet vor dieser sonderbaren Justiz erscheinen.

Neunte Scene.

Vorige. Alexander.

Alexander (trat schon früher auf die Veranda und hörte mit verschränkten Armen zu; vorkommend). Bemühe Dich nicht, lieber Max. Ich hörte Alles, was hier zu meinem Besten geplant wird. — Dir, liebe Tante, meinen ehrfurchtsvollen Gruß. (Zu Konrad). Dich halte ich nicht länger bei mir auf. Nimm diese Börse! Offenbar habe ich Deinen Rapporten an diesen Herrn zu danken, daß meine liebe Tante gerade an einem Tage mich besuchte, wo meine Dienerschaft das Aufräumen vergaß. Nimm und geh'. Es ist der letzte Dank des nunmehr enterbten Millionärs.

Konrad (niedergeschlagen). O Herr —

Alexander. Schon gut. Hinaus!

Max. Rechts um! Marsch!

Konrad (ab, hinten links).

Alexander. Ich fühle in Ihre Seele, liebe Tante, wie schwer es Ihnen geworden sein muß, so gegen mich vorzugehen und leicht ward es dem Herrn Doktor gewiß nicht, Ihnen die Ueberzeugung aufzudringen, daß Sie so und nicht anders handeln durften. Was ihn veranlaßte, der letztwilligen Verfügung meines Vaters eine Auslegung zu geben, wie dieser sie keinesfalls verstanden wissen wollte, ist nicht schwer zu errathen, da er sich, wie bekannt, in ziemlich aufdringlicher Weise um Ihre Hand bewirbt.

Aurora (sich abwendend). Oh, oh!

Ehrenzweig. Erlauben Sie, mein Herr Baron; ich war durch dreißig Jahre der vertraute Freund Ihres Vaters und kannte seine Intention bezüglich des Testamentes ganz genau. Seine letzten Lebensjahre waren ihm vergiftet durch das traurige Bewußtsein, sein mühsam erworbenes großes Vermögen den Händen eines Jünglings überlassen zu müssen, dessen Verschwendungssucht keine Grenzen kennt. Außer diesem Kummer nagte noch der Gram an seinem Herzen, der endlich auch das Leben untergrub: sein einziges Kind auf den Wegen des Lasters einem frühen Tode entgegeneilen zu sehen. Darum entwarf er, meinem Rathe folgend, jenes Testament, das Ihnen nach seinem Tode noch zwei Jahre Frist zur Umkehr gestattet, von welcher Sie indessen nicht den erhofften Gebrauch machten. — Somit verbleibt Ihnen laut Testamentsbeschluß außer Ihrem Pflichttheile nur Schloß und Vorwerk Schreckenstein nebst allen Liegenschaften als unveräußerliches Besitzthum und Ihre Tante tritt das Erbe an. — So wollte es der Verstorbene und sein Wille geschehe.

Aurora (weinend und Alexander umarmend). O Alexander, Du solltest wohl wissen, daß ich nicht nach Schätzen geize; viel lieber hätte ich noch das Meinige dazu gegeben, wäre mir nur diese Stunde erspart geblieben.

Alexander (leicht). Beruhige Dich, liebe Tante. Was liegt daran, ob ich in der noch vor mir liegenden kurzen Lebenszeit etwas mehr oder weniger besitze? Habe ich nichts mehr und die Natur war noch nicht so freundlich ihren Tribut zu fordern, nun, so findet sich ja bald ein Mittel ihr rasch entgegenzukommen. Ich habe etwas wild und zügellos gelebt, ich räume es ein, aber ich habe doch in der That gelebt. Ist es nicht ganz einerlei, wenn sich erst die Erde über mir wölbt, ob ich dreißig oder siebzig Jahre alt geworden bin? Für die Ewigkeit vollkommen gleich! Ich habe genossen, was auf Erden zu genießen ist, es lohnt zwar kaum der Mühe, deshalb geboren zu werden — immerhin aber habe ich es durchgekostet. — Neues kann ich kaum noch kennen lernen und ich beneide mich selbst um die beruhigende Gewißheit, das ekle Dasein recht bald von mir werfen zu können.

Aurora. Alexander, versündige Dich nicht. O welche Reden!

Ehrenzweig. Da hören Sie es nun aus seinem eigenen Munde, wie schlecht es um sein Seelenheil bestellt ist.

Alexander. Sparen Sie derlei Bemerkungen, mein Herr, und überlassen Sie es mir, mich mit dem Himmel abzufinden. — So wenig ich mich übrigens seiner Zeit um den Inhalt des Testamentes gekümmert habe, vergaß ich doch nicht, daß mein Vater nachträglich noch einen zweiten Testamentsvollstrecker ernannt hatte. Wie lautet dessen Ausspruch?

Ehrenzweig (etwas verlegen). Der mir unbekannte Herr Nepomuk Wessely hatte sich bis gestern, trotz mehrfach erlassener öffentlicher Aufforderung, bei zuständiger Behörde nicht gemeldet. Somit unterliegt es keinem Zweifel, daß nach Erledigung der gesetzlichen Formalitäten das Testament, trotz der Abwesenheit des genannten Herrn, zum Vollzug gebracht werde.

Alexander. Näheren Aufschluß enthält dieses Schreiben, das mir soeben durch einen Expressen zugestellt wurde.

Ehrenzweig (nach dem Papiere greifend). Erlauben Sie —

Alexander. Bitte — ein Unparteiischer — Max, sei Du so gut.

Max. Gern. (Stolz zu Ehrenzweig.) Ein rechtschaffener Unparteiischer wird lesen! (liest) „Mein Herr Baron! Ein besonderes, dem Testamente Ihres seligen Herrn Vaters nachträglich angefügtes Codicill ernannte mich zum Mitvollstrecker desselben. In solcher Eigenschaft erlaube ich mir, Ihnen die Mittheilung zu machen, wie ich nach vorhergegangener, genauer Beobachtung und gewissenhafter Prüfung Ihres Lebenswandels zur Ueberzeugung gelangte, mein Votum dahin abgeben zu müssen: daß ich unter obwaltenden Umständen es für geboten erachte, Sie des Besitzes sämmtlicher, dem Universalerben aus der Erbschaftsmasse zustehender Beneficien für verlustig zu erklären und die für diesen Fall vorgesehene substitutio vulgaris in Kraft treten zu lassen." — Na das ist nicht schlecht!

Aurora. O, armer Alexander!

Ehrenzweig (für sich). Glück muß der Mensch haben.

Alexander. Bitte, lies weiter!

2*

Max (liest). „Zugleich aber beehre ich mich Ihnen anzuzeigen, daß ich maßgebenden Ortes die Veröffentlichung einer Seitens des Erblassers kurz vor dessen Hinscheiden getroffenen letztwilligen Verfügung anstrebte, welche im Original bei dem Landgerichte des Gebirgskreises der Ihre Besitzung Schreckenstein in sich schließt, deponirt ist, und von wo aus Einladungen an die Interessenten ergehen werden, um der Eröffnung vorgemerkter Codicillarklausel auf Ihrer Domäne Schreckenstein am 28. d. Mts. beizuwohnen. Da dieselbe möglicherweise Bestimmungen enthält, welche einzelne Paragraphe des ursprünglichen Testamentes ergänzt oder aufhebt, so findet es die hiesige Behörde für angezeigt, eine Temporisation der Vollstreckung des Letzteren, bis nach gedachtem Termine eintreten zu lassen, wovon die betheiligten Familienmitglieder noch im Laufe heutigen Tages verständigt werden sollen. Ergebenst Nepomuk Wessely m. p., folgt die Beglaubigung der Unterschrift.

Ehrenzweig. Was? Was wäre das? Eine nachträglich verfaßte Codicillarklausel, von der ich nichts wüßte?! Das ist eine Mystifikation, weiter nichts!

Max. Die Echtheit der Unterschrift ist gerichtlich beglaubigt.

Ehrenzweig. Gleichviel. Ich war des Verstorbenen langjähriger und allernächster Vertrauter, was könnte ihn bewogen haben, hinter meinem Rücken einen Rechtsakt vollziehen zu lassen, der geeignet ist, das Resultat monatelanger Erwägung hinfällig werden zu lassen?

Max. Im letzten Augenblick ist ihm vielleicht ein Licht über Sie aufgegangen. Das kommt vor!

Aurora (freudig). Nun, so ist doch noch immer etwas Hoffnung vorhanden. Ach Alexander, wenn Du wüßtest, wie diese Nachricht mich neu belebt. Aber hast Du denn keine Ahnung, wer eigentlich dieser Nepomuk Wessely ist?

Alexander (halblaut zu Max). Vielleicht ein Verwandter Iduna's?

Max. Wo denkst Du hin? Ist ja nur ihr Theatername.

Alexander. Liebe Tante, ich weiß nur, daß in den letzten Lebenstagen meines Vaters ein fremder Herr oft Stunden lang allein bei ihm verweilte. Die Dienerschaft hielt ihn für einen Gerichtsbeamten.

Aurora. Nun, sei er, wer er wolle. Wir werden es ja bald genug erfahren. Sein Schreiben hat mir einen Stein vom Herzen genommen, der es schwer belastete. Alexander benütze doch die kurze Frist und gehe in Dich, lieber Sohn. Vielleicht segnest Du noch einmal Deinen Vater dafür, daß er ein Testament machte, welches Dir Dein Erbe nur zeitweilig vorenthält, um es Dir voll wieder zuzuführen, wenn Du im Stande bist, es würdig zu verwenden. Nach meinem Tode — spätestens — fiele Dir doch Alles wieder zu.

Ehrenzweig (für sich). Oder auch nicht, wenn ich's verhindern kann.

Max. Alexander! Was haben wir für eine Tante?! Sie hebt Dir nur das Geld einstweilen auf. (Halb für sich.) O wenn sie mir doch meine Schulden aufheben möchte!

Alexander. Darf ich Dich jetzt bitten, liebe Tante, in's Haus einzutreten und einen Imbiß zu nehmen.

Aurora. Nein, nein, mein Kind! Ich wäre es jetzt nicht im Stande. Ich fahre nach der Stadt, besorge einige Geschäfte und reise schon Abends mit dem Eilzug nach Hause zurück. Auch möchte ich Dich nicht weiter stören. Du bedarfst der Ruhe, bist übernächtig. Mein Gott, wie angegriffen sieht der Junge aus! Doch Eins noch Alexander, Du sprachst vorhin so leichtfertig vom Sterben. Thue Dir nicht selbst ein Leid an; nicht wahr, das thut mein Alexander nicht? Das mußt Du mir versprechen.

Alexander (sieht sie lächelnd an, ihr die Hand gebend). Ich verspreche es. (Innig.) Du liebe Tante, meine zweite Mutter! Ich reise schon morgen nach Schreckenstein.

Aurora. Mein lieber Sohn! Ei sieh, da lächelst Du ja schon. Gib Acht, Du sollst noch froh und glücklich werden. Ich sagte es ja immer: Er ist gut!

Alexander (Max und Aurora die Hände reichend). Zu Ende des Monats sehe ich euch bei mir, nicht wahr?

Max. Ich bringe sie mit.

Alexander. Es wird mich herzlich freuen. (Froh.) Jetzt will ich schlafen, allerseits gute Nacht! (Ab in's Haus.)

Zehnte Scene.

Aurora. Max. Ehrenzweig.

Ehrenzweig. Am hellen Tage! Daß sich Gott erbarme! Da unsere Mission als beendet anzusehen, beliebt es wohl dem gnädigen Fräulein, mit mir nach der Bahn zurückzugehen?

Max. Meine Tante überlassen Sie gefälligst mir. Ich bin ihr natürlicher Beschützer und auch ohne die fünf Zacken, dennoch ein Dittersbach! Ein ächter Sproß des von blauem Blut durchrieselten Stammes, der sich niemals einen Ehrenzweig aufoctroyiren lassen wird. Lassen Sie sich von anderweitigen Geschäften nicht abhalten, Herr Doktor.

Ehrenzweig (seinen Aerger verbeißend). Es ist nur — das Fräulein müßte doch der gerichtlichen Formalität wegen ——

Max. Es darf ja vorläufig doch nichts vorgenommen werden.

Aurora (Ehrenzweig die Hand gebend). Machen Sie nur das Alles für mich ab.

Ehrenzweig. So habe ich denn die Ehre, mich bestens zu empfehlen. (Leise im Abgehen nach rechts.) Verwünschter Schwadroneur! Bezahlt er seinen Wechsel nicht, dann wehe ihm!

Elfte Scene.

Aurora. Max.

Max (ihm nachdrohend). Na warte, habe ich nur erst Jemanden gefunden, der meinen Wechsel zahlt, dann — (zu Aurora) Tantchen, mein Wagen steht bereit; ich darf Sie doch nach dem Hotel begleiten?

Aurora. Ich will Dir gerne die wenigen Stunden bis zur Abreise widmen, vorausgesetzt, daß Du kein Geld begehrst. Das würde mich betrüben, denn Du weißt ja, ich kann Dir keins mehr geben.

Max. Aber Tantchen, denken Sie doch nicht so etwas von mir. Wozu brauchte ich Geld? Habe ich Bedürfnisse? Nicht des Nennens werth! Ich lebe ja nur noch meinen Gläubigern zu Liebe. An diese habe ich mich schon so gewöhnt, daß ich, würden sie mir weggenommen, den Verlust kaum mehr ertragen könnte. Schuldvoll trat ich in's Leben ein, schuldbeladen schlug ich mich durch; wie könnte ich schuldlos sterben wollen?

Aurora (lächelnd). Ja, Du kommst leider nie auf einen grünen Zweig. Aber ich freue mich, daß Du Deinen Humor darüber nicht einbüßest.

Max. Freut Sie das wirklich? O Sie liebe — gute — Gott gibt es denn kein passendes Epitheton für Sie —? Doch! — Generalstabstante! Geben Sie mir einen Kuß! (Umarmt und küßt sie stürmisch.) Es war mein erster heute Vormittags, ein Kuß von der Landwehr bringt immer Glück!

Aurora (komisch böse). O, über den Bösewicht!

Max. Ich bitte um Ihren Arm. Ach, solche Tante sein nennen zu dürfen, ist ein Hochgefühl, dessen ich mich um den Verlust all' meiner Schulden nicht entäußern möchte. (Im Abgehen.) Ach, daß man als Neffe seine ältere Tante nicht heiraten darf!

Aurora. Willst Du wohl — —!

(Vorhang fällt.)

Zweiter Akt.

Ein ehemaliger Rittersaal in einer zerfallenen Burgruine. In der Mitte des Hintergrundes ein großes Fenster das geöffnet ist und eine Fernsicht auf die umliegende Gebirgsgegend gestattet. Rechts als Eingang ein Steinbogen, darüber ein in Stein gehauenes Wappen; gegenüber eine Holzthüre, die zu einem kleinen Gemache führt. In der Wand zwischen der Thüre links und dem Prospekt ist ein Schrank eingemauert, auf dem Simse desselben steht ein Steinkrug mit silbernem Deckel. Ueber demselben an der Wand zwei gekreuzte Schläger, Cerevismütze und Corpsband. Im Hintergrunde links noch eine Ausgangsthüre. Rechts an der Seitenwand und etwas nach dem Hintergrunde zu zwei steinerne Figuren auf Sockeln, geharnischte Ritter vorstellend. Kein einziges Möbel im ganzen Zimmer.

Erste Scene.

Alexander. Gottlieb.

Gottlieb. Treten Sie nur ein, Herr; wir sind schon am Ziel.

Alexander (in Sommer-Reisetoilette; einen Plaid über den Schultern, Sonnenschirm, Strohhut 2c.). Warum nicht gar, am Ziel?

Gottlieb. Nun, wollten Sie denn nicht nach Schreckenstein?

Alexander. Gewiß. Aber nach einem Schloß, einem Castell, einem bewohnbaren Palais dieses Namens.

Gottlieb. Das liegt dann jedenfalls anderswo. Wollen Sie nach dem Vorwerk unten im Thal, in dem der Verwalter wohnt?

Alexander. Na natürlich. Was schleppten Sie mich denn erst herauf?

Gottlieb. Der gnädige Herr verlangten aber ausdrücklich nach Schloß Schreckenstein, und so heißt diese alte Ruine. Wollten der gnädige Herr den Verwalter sprechen?

Alexander. Jawohl, das ist im Augenblick die wichtigste Person für mich. Ich bin von der langen Fahrt auf schlechten Wegen wie gerädert und sehne mich nach einem bequemen Divan, um auszuruhen. (Bemerkt die Schläger an der Wand.) Was ist denn das? Welcher Bruder Studio hat denn hier seine Kneipe eingerichtet?

Gottlieb. Sie meinen das Zeug dort an der Wand? Ei, das gehört dem Herrn Diogenes, der hier oben wohnt.

Alexander. Der wo wohnt?

Gottlieb. Na hier in der Ruine.

Alexander. Wo denn aber? Außer jenem Bierkruge sehe ich doch auch nicht das geringste Möbel, das auf eine menschliche Behausung schließen läßt.

Gottlieb. Möbel braucht er nicht.

Alexander. Ah bah!

Gottlieb (öffnet die vordere Seitenthüre links). Das ist sein Schlafkabinet und draußen in der großen Mauernische steht sein Arbeitstisch.

Alexander (sieht hinein). Da sehe ich aber auch nichts, als eine Schütte Stroh und eine wollene Decke.

Gottlieb. Mehr braucht er nicht.

Alexander. Das ist dann wohl eine Art Troglodyte oder irgend ein moderner Heiliger, der in einsamer Selbstkasteiung seine Sünden abbüßt?

Gottlieb. Ach nein, ein Heiliger ist er nicht, obwohl ich schon glaube, daß er in seinem Leben mehr Gutes wirkte, als zehn Heilige zusammengenommen. Auf Meilen in die Runde hat er sich die Landbewohner zu großem Danke verpflichtet und bei uns im Dorfe ist er über die Maßen beliebt.

Alexander. Hm. Eigenthümlich. Wie alt beiläufig?

Gottlieb. So um dreißig Jahr; eher weniger als mehr.

Alexander. So jung und schon Diogenes! Ist er aus dieser Gegend?

Gottlieb. Nein, vor ungefähr sechs Jahren kam er hierher.

Alexander. Wodurch hat sich dieser moderne Diogenes so in Respekt zu setzen gewußt?

Gottlieb. Er ist Arzt und Apotheker zugleich und leistet jedem Beistand, gleichviel wer und was er sei! Und das ist für uns in dieser Waldesecke eine große Wohlthat, denn der nächste Arzt wohnt eine Meile von hier. Es wird hier an der Grenze ein lebhafter Schmuggelhandel betrieben und nicht selten kommt es vor, daß einer dieser vogelfreien Gesellen auf der Flucht verwundet wird und von ihm den ersten Verband erhält. Gleichwohl gibt er keinem Schwärzer Obdach und steht deswegen mit der Behörde auf bestem Fuße. Niemanden versagt er Hilfe; dabei kann man ihn aber nicht tiefer kränken, als wenn man ihm Geld bietet.

Alexander. Oho! Wovon lebt er denn? Hat er sonst ein Einkommen?

Gottlieb. Mehr weiß ich nicht von ihm zu sagen, Herr, doch da kommt er gerade; er selbst wird Ihnen wohl die beste Auskunft geben.

Alexander. Ich möchte ihn ungesehen beobachten. Erwartet ihn hier und sprecht etwas mit ihm. Dann geht in's Vorwerk und sagt dem Verwalter: Baron Dittersbach sei angekommen und erwarte ihn hier oben. Er möge ein Zimmer für mich herrichten lassen. Verstanden? (Tritt in die erste Seitenthüre links.)

Gottlieb. Will's schon machen.

Zweite Scene.

Vorige. Diogenes.

Diogenes (noch draußen). Halloh, wer da?

Gottlieb. Ich, Herr Diogenes, der Gottlieb!

Diogenes (tritt von rechts ein; ein Mann im Alter von 28 Jahren mit langem Haare und vollem Bart. (Christuskopf.) Er trägt hohe Lederstiefel, weite Beinkleider in die Stiefel gesteckt; buntes Hemde mit Umschlagkragen ohne Weste und Halsbinde, eine graue oder braune steirische Joppe, breitkrämpigen Hut. Sein ganzes Wesen, obgleich kurz und bestimmt in der Redeweise, muß anheimeln und sein ihm eigen= thümlicher, urwüchsiger Humor, darf vor dem Ernst der Situation nie ganz zurück= treten). Ah, Ihr seid's? Was treibt Ihr? Wie geht's zu Hause? Was macht Euer Jüngstes?

Gottlieb. Na, Gott sei Dank, es ist ja wieder vollkommen gesund. Aber recht schlimm stand es mit ihm und hätten Sie nicht die ganze vorgestrige Nacht bei uns gesessen und das Kind gepflegt, wir hätten es am Ende heute schon begraben.

Diogenes. Ah papperlapap! Es stirbt sich nicht so leicht. Es wäre auch wohl ohne mich gesund geworden. Na, noch etwas?

Gottlieb. Ach Herr, ich wollte Ihnen nur meinen und meines Weibes Dank abstatten, denn etwas anderes nehmen Sie ja doch nicht an. Meine Alte hätte Ihnen gar zu gerne ein Stück von ihrem selbstgewebten Linnen eingepackt — —

Diogenes. Sie soll sich unterstehen. Ich brauche nichts, den Weg um mir zu danken, hättet Ihr Euch auch ersparen können, das solltet Ihr wissen! An jedem andern Tage wäre ich grob geworden, doch weil es gerade Festtag bei mir ist, so sei Euch Eure Dreistigkeit verziehen.

Gottlieb. Festtag? Ich wüßte doch nicht —

Diogenes. Der Festtag geht nur mich allein an. Es ist der e i n e Tag in jedem Monat, an dem ich mir ein Glas Wein gönne, der bekanntlich ja des Menschen Herz erfreuen soll. Doch ist's schon Abend; stört mich weiter nicht und geht nach Hause. Grüßt mir Euer Weib. A propos was ist denn unten im Dorfe los? Ich hörte Pferdegetrappel. Kam Einquartierung?

Gottlieb. Nur eine Gensdarmen=Patrouille, Sie wissen ja, wegen der Schmuggler. Ich glaube in diesen Tagen soll große Razzia gehalten werden.

Diogenes. Aha! — Nun geht — (Sieht, daß die Seitenthüre links sich bewegt.) Doch, was ist das? Ist hier noch Jemand?

Gottlieb. Es ist — (à tempo öffnet sich die Thüre und Alexander tritt heraus) dieser Herr!

Diogenes. Ein Mann versteckt in meiner Kemenate? (Sieht Gottlieb fest an.) Wer ist's?

Alexander (winkt Gottlieb, zu schweigen).

Gottlieb. Ja, ich darf's nicht sagen; er kam mit mir herauf — ich weiß sonst nichts. Behüt' Sie Gott, adieu! (Ab Seite rechts.)

Dritte Scene.

Alexander. Diogenes.

Diogenes. Er darf's nicht sagen? So geheimnißvoll? Ah — ich errathe — ei das könnte mir heute gerade fehlen. (Auf Alexander zugehend.) Was suchen Sie bei mir?

Alexander. Ein Stündchen Ruhe in stiller Zurückgezogenheit.

Diogenes. Zurückgezogenheit? Weiß schon, ich kenne das. (Für sich.) Die Ankunft der Gensdarmen jagt ihn zu mir herauf. (Kurz und gezwungen rauh.) Ich halte mich für einen guten Bürger, der die Gesetze respektirt und habe darum mit Euresgleichen nicht gerne zu schaffen. Seid Ihr gesund, so verlaßt unverzüglich diese Räume; wenn krank, dann sagt mir wo es fehlt, dem Leidenden zu helfen achte ich für Menschenpflicht, da frage ich nicht erst nach der Leumundsnote.

Alexander (ganz verdutzt). Ein wenig Ruhe hätte mir sehr wohl gethan. Ich bin Alexander —

Diogenes. Das will ich nicht wissen. Ihre Jugend rührt mich. Ruhen Sie sich aus. So lange es Tag ist, bleiben Sie hier unbehelligt, doch wird es Nacht, kann ich Sie nicht mehr schützen. Sie scheinen sehr erschöpft. — (Sieht ihm genauer in's Gesicht.) Mein Gott, wie elend sehen Sie aus. Die Augen liegen Ihnen ja so tief im Kopfe, als ob Sie Wochen lang nicht mehr geschlafen hätten! Man hat Sie wohl schon tüchtig herumgehetzt! Ich werde Ihnen einige Tropfen geben, die Ihre Lebensgeister erfrischen sollen. (Geht an eine der Steinfiguren und nimmt hinter derselben vom Sockel ein Fläschchen und einen Theelöffel, kommt damit vor, gießt ein und läßt Alexander trinken.) Da trinken Sie, dann ruhen Sie sich aus. (Stellt die Requisiten wieder an ihren Platz.)

Alexander (vor Erstaunen ganz sprachlos, nahm die Tropfen ein, Diogenes dabei starr in's Gesicht sehend, sagt jetzt halblaut.) Danke schön.

Diogenes. Ist nicht nöthig. So jung noch und auf solchen Wegen! — Blieb Ihnen denn auf der Welt nichts weiter übrig als solch' Geschäft?

Alexander. Erlauben Sie, daß ich mich Ihnen vorstelle —

Diogenes. Thun Sie es lieber nicht, denn bestätigt Ihr eigener Mund die Richtigkeit meiner Vermuthung, so muß ich Ihnen weiteres Obdach versagen. Ich will nicht wissen, wer Sie sind. Ihr feines Benehmen und die zarten, wenn auch welken Gesichtszüge lassen darauf schließen, daß Sie nicht schon in der Wiege für ein Gewerbe bestimmt waren, dem die Polizei unaufhörlich auf den Fersen sitzt.

Alexander (etwas eingeschüchtert). Ich hatte mit der Polizei noch nichts zu thun.

Diogenes. Dann hatten Sie bis jetzt Glück. Einmal aber erwischt man Sie doch, und dann — na Gottlob, ich stecke nicht in Ihrer Haut.

Alexander (sich umsehend). Entschuldigen Sie, mir wird schwindlig, ich weiß nicht, sind hieran die Tropfen oder Ihre sonderbaren Reden schuld? Könnte ich vielleicht ein wenig ruhen?

Diogenes. Ich habe nichts dagegen. Legen Sie sich nieder.

Alexander (sich erstaunt umsehend). Wo?

Diogenes. Wo es beliebt. Es ist ja Raum genug. (Geht an den Wand= schrank, nimmt vom Gesimse das Bierseidel, öffnet die Schankthüre und gießt aus einer großen Kanne Wein in dasselbe; kommt dann vor.) Sie sind mein Gast, so lange es Tag. Bis dahin betrachten Sie sich hier zu Hause. Da trinken Sie.

Alexander (nachdem er getrunken). Der Wein ist nicht schlecht! (Hält den Krug Diogenes hin, der damit beschäftigt ist, sich eine Pfeife anzuzünden.) So, ich habe getrunken.

Diogenes. Setzen Sie nur hin; ich komme gleich.

Alexander. Wo soll ich ihn hinsetzen?

Diogenes. Nun auf die Erde und sich selbst dazu.

Alexander (für sich). Das hätte ich mir nicht träumen lassen, daß ich mich in meinem eigenen Hause auf die nackte Erde legen müßte. (Legt sein zusammengefaltetes Plaid auf die Erde nieder und setzt sich darauf.) Na denn in Gottes Namen, Noth bricht Eisen! Bieten Sie Allen, die Sie besuchen, solch' bequeme Sitze an?

Diogenes (setzt sich neben ihn auf die Erde nieder, so daß das Seidel zwischen Beiden steht). Wer kommt denn zu mir? Höchstens einer der Gebirgsbe= wohner, der mich zu einem Kranken ruft, und der hat gar nicht Zeit, sich erst zu setzen, und Leute Eurer Gattung sind gewöhnlich froh, wenn sie sich in einem finstern Winkel für kurze Zeit von ihrer Flucht erholen können.

Alexander (für sich). Ich möchte nur wissen, für was mich der gute Mann eigentlich hält? (Laut.) Anständige Fremde kommen also nicht herauf? Kein englischer Universalreporter, der Sie interviewen möchte?

Diogenes. Dazu bin ich weder berühmt noch berüchtigt genug.

Alexander. Und Sie selbst fühlten nie den Wunsch, die Annehmlichkeit eines Polster= oder Lehnstuhles zu erproben?

Diogenes. Ich benöthige derlei Luxus nicht. Hier oben lebe ich, wie mir es gefällt. Ich lade Niemanden ein herauf zu kommen; wem's nicht gefällt, der halte sich nicht weiter auf.

Alexander. Entschuldigen Sie meine Unkenntniß der Hausordnung. Irre ich indessen nicht, so pflegen die Herren Aerzte Kranken gegenüber einen etwas milderen Ton wie gewöhnlich anzuschlagen. — Würde es

Sie sehr incommodiren, wenn Sie mich für's Erste noch als Patient betrachteten?

Diogenes (sieht ihn verblüfft an; kleine Pause, dann nimmt er plötzlich den Krug und sagt) Prosit! (Reicht ihn Alexander.)

Alexander (nimmt den Krug, sagt) Re! (und trinkt.)

Diogenes. Was tausend! Er kennt den Comment! Finden sich unter Ihren verehrlichen Collegen mehr solch' zartbesaitete Naturen wie Sie eine zu sein scheinen?

Alexander. Kann's nicht genau sagen, bin noch zu neu im Geschäft.

Diogenes. Dachte es gleich. Ein Anderer würde etwas vorsichtiger in der Wahl seiner Kleidung gewesen sein. (Kurz und barsch.) Ziehen Sie die Handschuhe ab.

Alexander (erschrocken). Bitte, bitte! Wenn Ihnen damit ein Gefallen geschieht. — Sagen Sie mir, wenn's gerade kein Geheimniß ist: wovon leben Sie eigentlich?

Diogenes. Von Essen und Trinken, wie Andere auch.

Alexander. Danke für freundliche Auskunft. So darf ich also zu Ihnen wie zu einem gewöhnlichen Menschen sprechen?

Diogenes. Ich gab mich nie für etwas Besseres aus.

(Von hier ab beginnt es allmälig zu dunkeln.)

Alexander. Nur begreife ich dann nicht, was einen körperlich gesunden und geistig frischen Menschen veranlassen konnte, in einem Alter, das naturgemäß zum Genusse auffordert, den Freuden der Welt Valet zu sagen. Hassen Sie die Menschen?

Diogenes (kurz). Das kann Ihnen gleichgiltig sein!

Alexander. Erlauben Sie, ich habe doch in meiner Eigenschaft als — ach so! — Dann hat wohl ein widriges Geschick Ihre Jugend vergiftet und Sie Thaten begehen lassen, die Sie in reuiger Zurückgezogenheit zu sühnen suchen?

Diogenes. Man muß nicht von sich selbst auf Andere urtheilen!

Alexander (für sich). Die Grobheit dieses Menschen ist klassisch, trotzdem ist er hochinteressant. (Laut.) Sie üben, wie ich höre, Ihre Praxis unentgeltlich aus?

Diogenes. Ich habe keine Befugniß zu praktiziren, nehme deshalb kein Geld. Was ich thue, erachte ich für Menschenpflicht.

Alexander. Womit bestreiten Sie denn aber Ihren Unterhalt? Ich kann doch unmöglich glauben, daß Sie von Wurzeln und wilden Kräutern leben.

Diogenes. Ich schreibe zuweilen.

Alexander. Und das trägt Ihnen Geld ein?

Diogenes. Genug für mich und meinen Unterhalt. Sind Sie es noch nicht bald überdrüssig, mich auszuforschen?

Alexander (froh). O, noch lange nicht. Doch ist es nicht nöthig, daß ich Alles auf einmal erfahre. Etwas möchte ich aber wohl noch wissen.

Diogenes. Das ist?

Alexander. Haben Sie früher oder jetzt, unter andern Herz und Sinn erfreuenden Gefühlen, vielleicht auch dasjenige der Liebe kennen gelernt?

Diogenes (verblüfft; sieht Alexander einen Augenblick starr an, bläst gewaltige Dampfwolken von sich, sagt dann kurz). Ihre Neugierde wird mir lästig!

Alexander. Bitte, bitte, sagen Sie es mir. Ein kleiner Lichtschimmer ist oftmals genügend die dunkelsten Verwicklungen aufzulösen. Nun? Kannten oder kennen Sie die Liebe?

Diogenes. Nichts Menschliches blieb meinem Leben fremd.

Alexander. Aha, da haben wir die Lösung des Räthsels. Die Liebe war's, die Sie hierhergetrieben oder aber sie wurde Ursache Ihres weiteren Aufenthalts. Diogenes aus Kränkung; Anachoret aus unglück- licher Liebe.

Diogenes (will aufstehen). Was Sie sich einbilden. Uebrigens lassen Sie mich gefälligst jetzt in Ruhe!

Alexander (hält ihn zurück). Bitte, werden Sie nicht gleich wieder un- wirsch. Bleiben Sie sitzen. Heute ist ja, wie ich vorhin hörte, Festtag bei Ihnen, bewahren Sie sich deshalb Ihre gute Laune. A propos, Sie trinken wie Sie sagten, nur einmal im Monate Wein und nur am heutigen Datum? Am Vierzehnten? Wie kommt das?

Diogenes. Weil ich an einem Vierzehnten geboren wurde.

Alexander. Seinen Geburtstag feiert man doch gewöhnlich nur einmal im Jahre.

Diogenes. An einen Vierzehnten bin ich auch gestorben.

Alexander. Ah bah! Warum nicht gar.

Diogenes. So ist's. Als Knabe von 3 Jahren starb ich schon.

Alexander. Spätere Aufklärung bleibt vorbehalten. Wer waren Ihre Eltern?

Diogenes. Weiß ich nicht.

Alexander. Wo wurden Sie geboren?

Diogenes. In dem modernen Sodom an der Seine. Paris heißt jener wunderbare Ort.

Alexander. Franzose also?

Diogenes. Kann mir's nicht gut denken. Für einen Franzosen empfinde ich zu gut deutsch. Der national germanische Name Hermann, auf welchen ich getauft wurde und der angebliche Familienname Odur, so hieß bekanntlich ein alter Heidengott, bestärken mich in dieser Ansicht.

Alexander. Und keine Ahnung, wer die Eltern sind?

Diogenes. Ich bin Pariser Ziehkind, moderner Ausdruck für Findel- kind, die Sache ist dieselbe. In einem Dorfe der Normandie wälzte ich mich unter Enten, Hühnern und Gänsen im Gassenkoth herum; besuchte nebenbei auch eine Schule, aber ohne Strümpfe und Schuhe. Meine Zieheltern hielten das für Luxus und sämmtliche Nachbarn waren gleicher Meinung. Selbst der Lehrer liebte es diese Körpertheile beständig frischer Luft auszusetzen.

Alexander. Ah, das ist nicht schlecht!

Diogenes. Acht Jahre alt, wurde ich wieder für lebend erklärt, bekam meinen Namen wieder, den ich gegen einen französischen ausgetauscht hatte und wurde nach Thüringen in eine vornehme Erziehungsanstalt gebracht, wo ich zuerst das Lack= und Glacéverhältniß kennen lernte. An einem Vierzehnten erhielt ich meine erste Disciplinarstrafe.

Alexander. Wofür?

Diogenes. Ich hatte unter der Bank meine Stiefel ausgezogen. Ich war noch zu sehr an französische Ungenirtheit gewöhnt.

Alexander (lachend). Ah, das ist ja köstlich. Nun aber der wichtigste Vierzehnte, dessen Angedenken Sie im Weine feiern?

Diogenes. Er machte mich zum Diogenes.

Alexander. Und wie kam das?

Diogenes. Ich erhielt vom Universitäts=Senate die relegatia cum infamia zugestellt und stand am Anfang eines neuen Lebens.

Alexander. Mein Gott, was hatten Sie verbrochen?

Diogenes. Ich spielte etwas unvorsichtigerweise mit einem Revolver vor dem Angesichte eines Professors und gab dadurch den Anlaß, (plötzlich abbrechend.) Horch, still! es kommen Leute! (Springt auf.)

Alexander. Man wird mich doch nicht etwa schon abholen!

Diogenes (auf den rückwärtigen Ausgang deutend). Rasch dort hinaus; verbergen Sie sich in der großen Mauernische im Stroh. Wenn es Nacht ist, führe ich Sie an einen sichern Ort. Ich rette Sie!

Alexander (bleibt auf der Erde sitzen, jubelnd). Triumph! Ich habe einen Freund gefunden, der sich um meinetwillen die Rettungsmedaille verdienen will!

Diogenes. Nicht lange reden! Stehen Sie auf! Da, schon zu spät! Doch das scheint kein Gensdarm (steht vor Alexander, so daß er ihn gegen den Ausgang rechts deckt.) He halt. Wer da?

Wessely (draußen). Vivant, crescant, floreant!

Diogenes (lustig). Ah, Papa Wessely, ei das ist schön! (Den Eintretenden die Hände schüttelnd.) Und Rieckchen auch? Dann Licht in dieses Dunkel. Nun wollen wir über die Maßen fröhlich sein! Ein Freudenfest wollen wir feiern, daß sich die steinernen Ritter selbst beleben und die erhellten Fenster weithin künden sollen: Es feiert heut' mit seinen liebsten Freunden, Diogenes sein Auferstehungsfest!

Vierte Scene.
Vorige. Rieckchen. Wessely.

Rieckchen. Ei, ei, Diogenes, was ist's mit Ihnen? Sie ließen sich den ganzen Tag über nicht sehen. Ei, das finde ich nicht in der Ordnung.

Diogenes. Du liebes Mädchen, ja, es war nicht recht; aber ich fand hier einen Patienten vor und da —

Wessely (sehr dicker, gutmüthiger Mann). — war es Ihre Pflicht zu bleiben. Die Starken bedürfen des Arztes nicht, sondern die Kranken, heißt es Matthäi 9. Komma 12. — Da wir uns aber Gottlob einer guten Gesundheit erfreuen, so machte ich Rieckchen den Vorschlag herauf- zusteigen und da außerdem heute der Vierzehnte ist —

Rieckchen. Auf den sich Papa schon vier Wochen vorher freut —

Wessely. So sagte Rieckchen: Recht Papa, ich mache schnell einige Butter- bemmchen zurecht, die nehmen wir mit und essen unser Abendbrod. Wein hat er selbst —

Rieckchen. Und besseren als wir, sagte Papa, damit brauchen wir uns nicht zu schleppen. So machten wir uns denn zusammen auf den Weg — —

Diogenes (einfallend). Und seid nun glücklich da, was mich über die Maßen erfreut. Daß ihr die Stimme nicht zu Hause gelassen, merkte ich schon, wie ist's aber mit den Sitzen?

Rieckchen. Nun, setzen wir uns nicht in's Freie?

Diogenes (halblaut). Das geht nicht gut, ich bin nicht allein. Es ist ein Patient da, den ich der frischen Abendluft nicht aussetzen darf.

Alexander (der etwas gehört, versucht aufzustehen). Bitte, bitte, so schlimm ist es nicht. Erlauben Sie, daß ich mich Ihren Freunden vorstelle. Les amies de mes amies sont aussi les miens!

Diogenes (ihn daran hindernd). Bleiben Sie nur ruhig sitzen, Sie sind entschuldigt, Sie sind krank.

Wessely (erstaunt). Ein Franzose? (Geht auf Alexanders rechte Seite, setzt einen Feldstuhl, den er am Arme hängend mitgebracht, nieder und sich darauf, reicht Alexander die Hand.) Bon jour monsieur; comment vous portez vous?

Alexander (freundlich). Sie können ruhig deutsch mit mir reden, ich bin so weit nicht her.

Rieckchen (halblaut zu Diogenes). Sie, wer ist denn der feine Herr?

Diogenes (leise). Ein Schmuggler. Ich will's aber nicht wissen.

Rieckchen. Ach Gott! — Aber nein, dazu sieht er doch viel zu fein aus.

Diogenes. Das ist nur Verstellung. Uebrigens wollen wir ihn uns beim Lichte besehen. (Geht mit Rieckchen nach dem Wandschrank, nimmt dort eine schwere zinnerne, in der Form alterthümliche Oellampe heraus, zündet sie an und stellt sie auf den Sims. Die Bühne wird matt erleuchtet.)

Wessely (behielt Alexanders Hand in seiner Rechten und befühlt mit der Linken seinen Puls). Sie haben recht, Sie sind nicht weit her, ich spür's am

Pulse. Ihrem gemäßigten Blutumlaufe nach zu urtheilen, dürften Sie in der Nähe von Lommatzsch auf die Welt gekommen sein.

Alexander (sehr heiter). Sie haben recht, ich bin nur ein gewöhnlicher Deutscher, wenngleich ich nicht das Glück habe, Sachse zu sein. Mit wem habe ich das Vergnügen?

Wessely. Ich bin Lehrer der sehr wißbegierigen Jugend dieses Dorfes. Vater d i e s e r und noch einer älteren Tochter —.

Alexander. Ach, es ist nicht möglich! — Bitte, nehmen Sie mein Erstaunen nicht übel, werther Herr, aber man hat sich so daran gewöhnt, sich unter Volksschullehrern nur abgemagerte Figuren vorzustellen, daß ich beim Anblick solchen Exterieurs eher auf jede andere, nur nicht auf diese Lebensstellung geschlossen hätte. Sind hier zu Lande die Lehrer besser situirt wie anderswo?

Wessely. Das nicht, aber schlechter; weil die Luft hier so ausnehmend gesund ist. Unser Hauptnahrungsmittel besteht aus Luft.

Alexander. Allen Respekt vor solcher Luft. So wäre ja noch Hoffnung auf Verlängerung meiner Tage, wenn ich mich hier vollständig niederließe?

Wessely. Darauf können Sie schwören! Einen ungefähren Begriff von dem Nährstoff dieser Luft können Sie sich machen, wenn Sie sich die Thatsache vor Augen halten, daß bei nur 28 Familien hier im Orte, doch einhundertundvier Kinder zu mir in die Schule gehen.

Alexander. Das ist allerdings erstaunlich!

Wessely. Arm sind wir hier alle wie Hiob, aber an Nachkommenschaft erstaunlich reich.

Alexander. Sie selbst aber haben doch nur zwei Töchter, nicht wahr?

Wessely. Ja, das kommt daher, weil ich schon seit vierzehn Jahren Witwer bin. Sonst — ach du lieber Gott.

Diogenes (bringt einen großen Steinkrug aus dem Schranke mit nach vorn, im Vorkommen halblaut zu Riekchen). Es ist mir wegen des jungen Menschen recht lieb, daß du etwas zum Essen mit heraufgebracht. Er scheint von Hunger ganz erschöpft zu sein.

Riekchen (die jetzt erst Alexanders Gesichtszüge sehen kann). O Gott, wie jung und zart. Und solch' feine Kleidung. Gehen Sie doch, Diogenes, das ist im ganzen Leben kein Schmuggler! (Nimmt ihr Körbchen, geht damit zu Alexander, hält es ihm geöffnet vor.) Darf ich mir erlauben, Ihnen ein Butterbrödchen anzubieten?

Alexander (der jetzt zum erstenmal ihr Gesicht sehen kann). Ei, wie schön! (Will aufstehen.)

Diogenes (der gerade hinter ihm steht, hält ihn an den Schultern fest). Keine Aufregung! — Sitzen bleiben! Nehmen Sie sich ein Butterbrod und reichen Sie mir den Krug, daß ich ihn fülle.

Alexander (reicht ihm denselben über die Schulter, Riekchen beobachtend). Ein reines Engelsantlitz! Wem sieht doch das liebe Kind nur ähnlich? Nein, wie das hier auf dem Lande amüsant ist, das hätte ich nie geglaubt. Das Butterbrod schmeckt auch ganz deliciös. Wenn das liebe Kind noch frei und ledig ist, bringen mich keine zehn Pferde von hier fort.

Diogenes (hatte Wein in den Bierkrug gefüllt und diesen an Wessely gereicht). Papa, geben Sie Riekchen dann auch einmal zu trinken.

Stellung:

○ Diogenes.

○ Wessely. ○   ○ Riekchen.

Alexander.

Alexander (Wessely den Krug abnehmend). Erlauben Sie! Liebes Fräulein, nehmen Sie freundlichst aus meiner Hand den Labetrunk entgegen und gestatten Sie mir alsdann auf Ihr specielles Wohl den Krug bis auf die Neige zu leeren.

Wessely. Die Gottlosen kriegen die Neige. Psalm 75 Komma 9.

Alexander (lachend). Dann kommt sie bei mir gerade an den Rechten. Ich darf mir schmeicheln von allen Anwesenden der Verdorbenste zu sein.

Riekchen (hat den Krug an Alexander gegeben). Ich kann mir's gar nicht denken. Sie sehen so gutmüthig aus und blicken so treuherzig in die Welt, daß man's nicht glauben sollte einen Verbrecher vor sich zu haben.

Alexander (springt auf). Verbrecher?!

Wessely (ebenfalls aufstehend). Verbrecher? Sei so gut!

Diogenes (vorwurfsvoll). Aber Riekchen!

Riekchen. Ach Sie hatten uns ja nur zum Besten. Wie kann man so thöricht sein, den Herrn für einen Schmuggler zu halten. Ich schäme mich ordentlich.

Diogenes (erfreut zu Alexander). Wahrhaftig, Sie sind es nicht?

Alexander. Fast thut mir's leid, Ihnen den Glauben nehmen zu müssen, denn ich fürchte bei Ihren Anschauungen über Welt und Gesellschaft wird meine Lebensstellung mich nur bei Ihnen discreditiren. Dennoch mag ich nicht länger für einen Schelmen gehalten werden und stelle mich vor als Alexander von Dittersbach, Besitzer von Schreckenstein.

Diogenes. Ach es ist nicht möglich!

Riekchen. Der Herr Baron —?

Wessely. Seine Hochwohlgeboren —

Diogenes. Der Baron Dittersbach?

Wessely (zu Diogenes). Wie können Sie denn aber Ihren Hausherrn für einen Schmuggler ausgeben? Jetzt erkundigen Sie sich nur gleich, was Sie an rückständiger Miethe schuldig sind.

Alexander (lustig). Das hat noch Zeit.

Wessely. Und solchen Herrn lassen Sie auf die nackte Erde niedersitzen in seiner eigenen Behausung. Einen Dittersbach, dessen Vorfahren schon 13, 14, 15 mitgemacht?!

Alexander. Beruhigen Sie sich, Herr Lehrer, die erste Begegnung mit meinem Miethsmanne bot des Amüsanten so viel, daß das Unbequeme der Situation leicht zu verschmerzen war.

Wessely (kopfschüttelnd). Ist sechs Jahre die Miethe schuldig und behandelt seinen Hausherrn wie einen Verbrecher!

Diogenes (zu Alexander). Ist das Ihr Ernst, Sie hegen keinen Groll?

Alexander. O ganz im Gegentheil. Ich wünsche, daß es mir recht bald gelingen möge, mir Ihre Freundschaft zu erwerben.

Diogenes. Sie bleiben längere Zeit hier, Herr Baron?

Alexander. Ich habe die Absicht, in Zukunft mein Schreckenstein selbst zu bewirthschaften. Vielleicht daß die gesunde Luft im Stande wäre, meine arg zerrüttete Gesundheit etwas zu kräftigen, dann verlohnte es vielleicht der Mühe, ein neues Leben zu beginnen.

Riekchen. War das bisherige nicht besonders gut?

Alexander. Nein, es war ein unwürdiges. Ich lebte in Ueberfluß und achtete nicht den Werth des Geldes. Ich warf's mit vollen Händen weg und versündigte mich nebenbei gar häufig an mir selbst. Vor wenig Tagen aber bin ich plötzlich arm geworden; ich besitze kaum noch etwas mehr, als dies zerfallene Schloß und was an Länderei dazu gehört.

Wessely. Na, hören Sie, das ist noch gar nicht zu verachten. Darf ich den Herrn Baron ersuchen, von diesem schwer geprüften Feldstuhle Besitz zu ergreifen? Es wäre doch ein kleiner Fortschritt in der Situation!

Diogenes. Sapperlot! Der Papa hat recht! Mein Gott, hab' ich denn nichts? — Ha, ein Gedanke! Warten Sie, gleich werde ich ein Ruhe-lager improvisiren, wie Sie es im Vorwerk kaum besser finden werden. Papa, kommen Sie mit, helfen Sie mir.

Alexander. Bitte, keine Umstände! Der Verwalter wird mich ohnehin bald nach dem Vorwerk abholen.

Diogenes. Das Vorwerk läuft Ihnen nicht davon. Gleich sind wir zurück. Sie theilen uns dann wohl mit, welchem Umstande wir das Glück verdanken, Sie so unverhofft bei uns zu sehen.

Alexander. Das sollen Sie ein andermal erfahren. Sie aber sind mir noch den Rest Ihrer Lebensgeschichte schuldig und ehe ich diese vernommen, gehe ich nicht von hier fort.

Diogenes (überaus fröhlich). Ist das ein Wort? Nun denn, so machen Sie sich auf eine Geschichte à la Tausend eine Nacht gefaßt. Wahr und wahrhaftig Herr Baron, es ist Ihnen gelungen, sich mein schon etwas stark verknöchertes Herz im Sturme zu erobern und liegt Ihnen etwas daran, so betrachten Sie mich von heute an als einen ehrlichen, getreuen Freund. Bin ich auch gleich der Aermsten Einer, so ist auf Erden doch kein Mensch so schlecht, daß man von ihm nicht etwas lernen könnte, und wäre es auch nur die Erkenntniß: nicht ganz so schlecht wie er zu sein. (Gibt ihm die Hand, die dieser herzlich schüttelt; dann ab durch den Ausgang im Hintergrunde.)

Weſſely (reicht Alexander die Hand, ihm die Linke auf die Schulter legend). Ew. Hochwohlgeboren — (Alexanders Hand auf seine Brust legend.) Ein lebendiger Hund iſt immer beſſer, als ein todter Löwe, Salomo 9, Komma 4. Ich heiße Weſſely! (Schüttelt ihm nochmals verſtändnißinnig die Hand und geht dann Diogenes nach), ab.)

Fünfte Scene.

Alexander. Rieckchen.

Alexander. Ein origineller Herr, Ihr Papa. Scheint recht bibelfeſt zu ſein.

Rieckchen. Du lieber Gott, die kleine Schwäche kann man ihm verzeihen. Tagtäglich hat er die Kleinen darin zu unterrichten. Weil das nächſte Pfarrdorf über eine Stunde von hier entfernt liegt, bürdete man ihm neuerdings auch noch den Religionsunterricht auf.

Alexander. Der arme Mann.

Rieckchen. Ja, er hat ſehr viel zu thun; doch iſt er in ſeinem Berufe glücklich, trotz des kümmerlichen Gehalts. Er fühlt ſich nur auf dieſem Fleckchen Erde wohl, das ihm vielleicht dann nur verleidet würde, wenn Diogenes, an den er ſich ſo ſehr gewöhnt hat, uns verließe.

Alexander. Iſt dazu Ausſicht vorhanden?

Rieckchen. Er gibt es zwar nicht zu, aber ich glaube doch. Offen geſagt, würde es mir auch um ihn leid thun, wenn er in dieſer Abgeſchiedenheit verkommen ſollte.

Alexander. Das iſt wahr. Ich kann mir übrigens nicht gut denken, daß nur Hang zur Einſamkeit ihn hier feſſeln ſollte. Iſt es nicht viel eher Liebe zu irgend einer Jungfrau hier?

Rieckchen. Nein — daß ich nicht wüßte!

Alexander. Wenn ich an die vergangene Viertelſtunde und an den Umſchlag in der Stimmung denke, die doch offenbar nur Folge Ihres Erſcheinens war —.

Rieckchen (hell lachend). Ach nein, da irrt ſich der Herr gewaltig! Wir ſind nur gute Freunde, weiter nichts.

Alexander. Sie ſind alſo nicht die Auserkorene ſeines Herzens? Ach das freut mich aufrichtig!

Rieckchen (erſtaunt). Wie ſo freut Sie das?

Alexander (verlegen). Nun, ich meine nur, es wäre doch Jammerſchade um Ihre ſchöne Jugend, wenn Sie ſein eintöniges Daſein theilen müßten.

Rieckchen. Ach das wäre das wenigſte. Ich ſehne mich nicht fort von hier. Was ſollte ich in der Welt, für die ich gar nicht erzogen bin? Ich besitze nicht die Charakterstärke und den stolzen Muth meiner Schwester, die nun schon fünf Jahre in der Residenz lebt. Ich könnte mich dort nie behaglich fühlen und würde als bescheidene Landpomeranze, mit welch' sinnigem Ausdruck man uns Dörflerinnen dort zu bezeichnen pflegt, in der Fluth der Allgemeinheit unbeachtet verloren gehen. Mit Idunna war das etwas ganz anders.

Alexander (überrascht). Idunna?

Rieckchen. So heißt die Schwester! Sie hat der liebe Gott mit einem wunderbaren Talente ausgerüstet; sie mußte fort, denn der Mensch soll sein Licht nicht unter den Scheffel stellen, sondern es vor den Leuten leuchten lassen.

Alexander. Welcher Art ist das Talent, welches Sie an ihr rühmen?

Rieckchen. Nun, sie ist eine bedeutende Sängerin.

Alexander. Sängerin?!

Rieckchen. Jawohl, sie singt das dreifach gestreifte F.

Alexander. Ihr Name?

Rieckchen. Nun, wie der meine, Wessely!

Alexander. Idunna Wessely?! Das ist Ihre Schwester?

Rieckchen. Ja wohl; ist sie Ihnen bekannt?

Alexander. O ich bewundere, ich verehre sie. Und das ist Ihre Schwester? Wie kam sie aber nach der Residenz?

Rieckchen. Nun, nachdem Diogenes das Talent in ihr entdeckt und etwas ausgebildet hatte, — denn er ist ein tüchtiger Musiker, — traf es sich gerade, daß meines Vaters Bruder, der Professor am Conservatorium ist, von unserer Armuth Kunde bekam und weil er kinderlos, dem Vater den Vorschlag machte, eine von uns ganz zu sich zu nehmen. Das hielten wir für Himmelsfügung und Idunna zog von hier fort. Als wir Abschied nahmen und ich mich vor Weinen gar nicht fassen konnte, sagte sie: Rieckchen härme dich nicht! Bin ich auch fern, so bleib ich doch im Geiste stets bei euch. Ich komme wieder und dann bringe ich Geld. Unser guter Vater soll nicht länger Mangel leiden. Ich werde nur selten schreiben, doch plötzlich stehe ich wieder vor euch da und sage: Da bin ich und nun bleiben wir vereint. Dann ruhe ich in meinen Bergen aus und der Vater, du und ich und er, wir Alle werden glücklich sein.

Alexander. Und er, wen meinte sie damit?

Rieckchen. Nun ihn, der das Talent doch in ihr weckte, das ihr jetzt schon so viel Geld eingebracht: Diogenes!

Alexander. Er? und sie liebt ihn?

Rieckchen. 's kann möglich sein!

Alexander. Doch er liebt sie?

Rieckchen. Unmöglich ist es nicht, doch spricht er nicht darüber. Sovil ist aber sicher, daß er keine Andere liebt. Zu allerletzt aber meine

Wenigkeit. Wo bleiben nur die Männer? (Geht nach der Thür im Hinter=
grunde und sieht hinaus.)

Alexander (allein). Na da ist's ja heraus; das war das Hinderniß:
Die Liebe zu diesem Diogenem cynicum! Hat der Mensch Glück!
— Das ist also mein Nebenbuhler und ich war schon auf dem besten
Wege ihn zu meinem Busenfreund zu ernennen. Kann ich das nicht
übrigens trotzdem? Galt meine Liebe nicht viel mehr der gefeierten
Sängerin, als dem einfachen Landmädchen Idima? War es überhaupt
Liebe oder nicht etwa nur Gefallen an dem Originellen, weil ich in ihr
zum erstenmal ein Weib kennen lernte, das der Verführungskunst des
reichen Wollüstlings spottete? Ich glaube fast, ich werde mich über
ihren Verlust zu trösten wissen. — Es könnte sich sogar ereignen, daß
mir eine Verschwägerung mit ihr bei weitem ersprießlicher schiene, als
ein Ehebündniß. Dies Rickchen ist ein ganz verteufelt nettes Kind. So frisch
und natürlich, so ganz unverdorben, so gar nicht von der Weltluft
angekränkelt — dergleichen ist mir gänzlich neu! Nun, nun, es hat
Zeit! Ich bleibe ja hier. — Sie kommen zurück! Sondiren wir erst
noch ein wenig diesen Sonderling und appliciren ihm ab und zu einen
kleinen Stich! Hahaha, das macht Spaß! Warte nur, du verstellter
Diogenes! Ich sagte es ja gleich: Die Liebe hat ihn in das Faß
getrieben, die Liebe treibt ihn wiederum heraus. Dann aber lache ich
ihn tüchtig aus, das soll meine Revanche für verschmähte Liebe sein.

Sechste Scene.

Vorige. Diogenes, hinter ihm Wessely. Jeder ist mit soviel Strohbündeln
beladen, als er nur fortschleppen kann.

Alexander. Mein Gott, was ist denn das? Wozu die Umstände,
meine Herrn?

Diogenes (die Bündel abwerfend). Sie sollen mir nicht nachsagen, ich
hätte etwas unterlassen, Ihnen den Aufenthalt in Ihrem Eigenthum so
angenehm wie möglich zu machen. Befühlen Sie das wunderbare Stroh.
Es muß eine wahre Wollust sein, diese fetten Halme unter der Last
seines Ich's zusammenzupressen. (Er und Wessely haben das Stroh ausein=
andergebreitet.)

Alexander. So lassen Sie uns denn dieser Wonne sammt und sonders
theilhaftig werden. Platz ist genug vorhanden.

Diogenes. Mit Nichten, edler Burgherr, wir gruppiren uns entsprechend
um Sie her. Aber halt! Ein Kopfpolster! — Werde sofort eines impro=
visiren. (Geht hinter die Statue und bringt von dort ein großes Scheit Holz mit
nach vorn.)

Alexander (dasselbe erblickend). Dürfte dieses Kissen nicht etwas zu
hölzern sein?

Diogenes. Bitte, kein vorschnelles Urtheil! Erst prüfen! (Legt das Holz=
scheit unter das Stroh, so daß es für den Kopf eine Erhöhung bildet.) Nun noch

das Wollentuch! — Riekchen faß an! (Nimmt Alexanders Plaid an einem, Riekchen am andern Ende und breitet es über das Stroh, so daß von Letzterem kaum etwas sichtbar bleibt.) Was sagen Sie nun? Aber rasch nun die müden Glieder hingestreckt! (Drückt Alexander mit Wessely's Hilfe auf das Lager nieder.)

Alexander. Lassen Sie mich doch zum wenigsten ſitzen; ich bin ja schon gar nicht mehr krank.

Diogenes. Das kommt Ihnen nur so vor; wenn Sie ein paar Wochen hier gelebt haben, werden Sie erst begreifen, wie krank Sie vordem gewesen sind.

Wessely. Darf ich bitten, die hochwohlgeborenen Gebeine etwas mehr auszurecken, ich werde mich am Fuße Ihres Piedestals niederlassen.

Diogenes. Bleiben Sie nur immer an der tête Papa, Sie haben da den Wein und die Butterbröde gleich zur Hand und können von beiden Remedien dem Patienten ab und zu einen Eßlöffel voll verabreichen. Ich besetze den Holzblock. (Wälzt einen rohbehauenen Holzklotz hinter der Statue hervor.)

Alexander. Fräulein Riekchen aber ſetzt ſich hier auf den Rand der Ottomane, nicht wahr?

Riekchen. Den Gefallen kann ich Ihnen gern erweisen und wäre es auch nur der malerischen Gruppe wegen. (Setzt ſich.) Was meinen Sie zu noch einem Butterbrödchen?

Stellung:

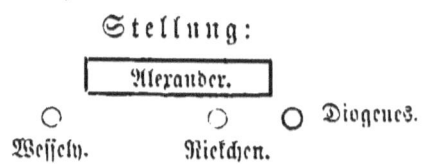

Alexander (nimmt eines). O die sind ganz süperb.

Riekchen. Essen Sie nach Herzensluſt, es sind genug vorhanden.

Wessely. Und was zum Munde eingehet, verunreiniget den Menschen nicht. Matthäi 15 Komma 11. (Nimmt ebenfalls ein Brod und ißt.)

Alexander. Richtig, alter Herr! Nun aber bitte ich, reichen Sie unserm Burgvogt den Humpen, auf daß er sich stärke und seine Erzählung beginne. Wie war das mit der Pistole bei'm Examen? Dabei blieben wir stehen.

Wessely (reicht Riekchen den Krug, diese gibt ihn an Diogenes weiter).

Riekchen. Ah die Geschichte mit dem Spargel?

Wessely. O die ist traurig. Trinken Sie noch einmal, die Geschichte greift an.

Diogenes. Aengstigen Sie sich nicht, es ist nicht schlimm. Wollen Sie mir aber die Erzählung schenken, dann sage ich Ihnen besten Dank, gerne spreche ich ohnedies nicht davon.

Alexander. Nicht eine Silbe dürfen Sie mir vorenthalten. Bitte, beginnen Sie. Vorher aber beantworten Sie mir noch die Frage: Wer war es eigentlich, der Sie von Frankreich weg nach Deutschland führte?

Diogenes. Ein Mann in mittleren Jahren brachte mich von dort nach einem deutschen Institute. Späterhin habe ich ihn nie wieder gesehen. Eine auf ihn bezügliche Frage an den Instituts-Direktor wurde kurz dahin beantwortet, daß der Herr nicht gekannt sein wolle, aber entschieden nicht mein Vater sei. In weiterem Verlauf der Jahre besuchte ich die Bergakademie, dann die Universität, allwo ich Medizin studirte. Ich bemühte mich den schuldigen Dank an meinen unbekannten Wohlthäter durch Fleiß und emsiges Streben abzutragen; dessenungeachtet war ich Bursche in des Wortes verwegenster Bedeutung. Zu jener Zeit hatte ein Professor um seiner beispiellosen Strenge willen, sich den Haß der gesammten akademischen Jugend zugezogen. In einem einzigen Semester waren nicht weniger als achtzig Studierende durch seine Schuld beim Rigorosum gefallen. Die Empörung war eine allgemeine und im Stillen plante man eine Revolte. Zweimal schon war ich bei diesem Professor, der in der Botanik examinirte, gefallen und bereitete mich eben zum dritten und letzten Rigorosum vor. Mit welchen Gefühlen, mögen Sie selbst ermessen, wenn Sie in Betracht ziehen, wie nach nochmaligem Unterliegen ich meine ganze Studienzeit als verloren betrachten mußte und somit die an meine Erziehung verwendeten großen Summen an einen Unwürdigen verschleudert waren. — Die Verachtung des einzigen Menschen, welcher mir im Leben Wohlthaten erwiesen, mußte mir werden und das ertrug ich nicht. Mein Plan war gefaßt. — Von den anderen Examinatoren erntete ich wie immer so auch dieses Mal das größte Lob. Jetzt aber kam die Reihe des Prüfens an den gefährlichen Dritten, an den Botaniker! Ein faustisches Lächeln auf den Lippen, trat er vor mich hin, nahm aus der Tasche einen halbverdorrten Pflanzenstrunk, warf ihn nachlässig auf den Tisch und fragte: Was ist das? — Das Ding konnte alles nur denkbar Mögliche sein. Außer ihm lebte vielleicht kein Botaniker, der aus diesem Fragment einer gewesenen Pflanze sofort die Species erkannt hätte. Ohne lange zu prüfen — denn das Richtige zu finden gehörte zu dem absolut Unmöglichen, sagte ich im Erinnern meines soeben genossenen Frühstück's: Spargel! — Das apathische Gesicht des Professors leuchtete einen Moment auf, alsbald aber griff die permanent gleichgiltige Miene wieder Platz, der sich zur Abwechslung ein verächtliches Lächeln zugesellte, das auch den kleinsten Nerv in mir vor Empörung zittern machte. „Getroffen," sagte er „bedanken Sie sich bei dem Zufall, der Ihnen das Wort soufflirte, es ward Ihr Glück!" — Alles was ich in Monaten an Gift, Groll, Haß und Wuth in mir angehäuft, brach bei diesen sarkastischen Worten jählings in mir durch. Ein Griff in die Brusttasche und in der nächsten Sekunde sah er die Mündung eines Revolvers vor seinem leichenblassen Angesichte und an seine Worte anknüpfend, rief ich mit weithin dröhnender Stimme, die durch alle Hörsäle drang: „Und auch das Ihre! Denn ließen Sie mich diesmal wieder fallen, so war der heutige Ihr letzter Lebenstag!" —

Mit Blitzesschnelle verbreitete sich die sensationelle Neuigkeit unter den Commilitonen und die schon lange im Stillen geplante Revolte war durch mich in's Leben gesetzt. Es erfolgte ein Tumult, wie er in den Annalen jener Universität noch nicht verzeichnet stand. Polizeipatrouillen waren zu schwach um Ordnung herzustellen; es rückte Militär aus. Doch selbst die Drohung, daß von den Waffen Gebrauch gemacht werden solle, konnte die auf Tausende angewachsene Menschenmenge im Hofe des Universitäts= gebäudes nicht beschwichtigen, die wutherfüllt die sofortige Entlassung des verpönten Dozenten begehrte. Der Rektor, um das Aeußerste zu ver= meiden, versprach beim Minister die Entlassung zu befürworten und verpfändete sein Ehrenwort, daß während seiner Amtsperiode jener Professor den Lehrstuhl nicht mehr betreten solle. Um ihn der Gefahr gelyncht zu werden, zu entziehen, brachte man ihn unter polizeilicher Eskorte weg. Bei Nacht und Nebel verließ er dann die Stadt. Das kluge und rasche Entgegenkommen des Rektors hatte die erhitzten Gemüther der empörten Jugend alsbald beschwichtigt und die Ruhe war wieder hergestellt. Allgemeine Amnestie wurde verkündigt und nur an mir, der ich es gewagt, einen Dozenten im Amte mit dem Tode zu bedrohen, wurde zur Darnachachtung für künftige Exzedenten ein Exempel statuirt. Nachdem ich noch geraume Zeit im Carcer Gelegenheit hatte, über meine That nachzudenken, wurde die relegatio cum infamia über mich verhängt und ich der Stadt wie des Landes verwiesen. Damit hatte meine akademische Laufbahn ihr jähes Ende erreicht und ich sah mich mit 22 Jahren trotz aller Kenntnisse vis-à-vis du rien und nachdem ich die Summe meiner Herrlichkeiten zusammengezogen, nichts weiter in mir, als einen für die Oeffentlichkeit verlorenen Menschen, kurz ein bedeutungs= loses und erbarmungswürdiges Nichts!

Alexander. Sie Aermster!

Wessely (der häufig dem Weine zugesprochen). Vivat der Spargel, pereat der Professor!

Alexander. Und was geschah nun?

Rießchen. O nun wird's angenehmer. Suchst Du etwas, Papa?

Wessely (griff in den Korb, um ein Brod zu nehmen und ist über die Maßen erstaunt, keines vorzufinden, da Alexander während der Erzählung alle mit größtem Appetit verzehrte). Nein, nein, der abscheuliche Spargelkenner hat mir den Appetit verdorben. (Den Korb aufnehmend und hineinblickend.) Ich wäre in der That nicht im Stande auch nur einen Bissen zu genießen.

Alexander. Mir hat es um so mehr gemundet.

Wessely (bei Seite). Das scheint so.

Alexander (zu Diogenes). Nun wie ward es weiter?

Diogenes. Ich kehrte der Stadt und dem Staate den Rücken. Die vierte Klasse der Eisenbahn brachte mich in mäßiger Geschwindigkeit zum Fuße dieser Berge. Auf gut Glück wanderte ich per pedes apostolorum weiter und kam am Abend meines ersten Reisetages auf dieser Kuppe an. Müde, wie ich war, verfiel ich bald in einen recht gesunden Schlaf, der sich seither viel hundertmal noch wiederholte und mich rasch vergessen ließ, was hinter mir lag. Ein neues Leben begann, als mich der Sonne warmer Strahl erweckte und ich umweht von dieser reinen Bergesluft den Blick hinab in unsere Thäler sandte. Und jede neue Sonne sah seitdem mich heiter, gesund und wohlgemuth mein Tagewerk beginnen und jeden Abend leg' ich froh mich nieder, weil keine Sorge mir den Tag getrübt. Hier weiß ich nichts von Menschenquälereien; hier höre ich nicht den schreckensvollen Fluch, der dem Menschen beim Eintritt in die Welt entgegentönt: Es bleibt Dir keine Wahl; bist Du zu schwach um selber zuzuschlagen, so mußt Du Dir gefallen lassen, daß Du geschlagen wirst! Kannst Du nicht Hammer, mußt Du Ambos sein! Hier oben auf den felsenharten Bergen, hier ist nicht Nahrung für kriechendes und giftiges Gewürm; frei bin ich wie der Vogel in den Lüften und im Bewußtsein nie getrübten Friedens leb' ich ein kernhaft Leben und d'rum dreifach lang!

Wessely (der sich im Stadium eines leichten Weinrausches befindet). Vivat der Hammer, Ambos pereat!

Rieckchen (steht auf, geht zu ihrem Vater und führt ihn während des Folgenden etwas zurück). Ei, ei, Papachen, Du wirst ein wenig zu laut! Vergiß nicht, daß wir noch den Berg hinunter müssen. Komme nach Hause, ich habe dort für Dich noch etwas Abendbrod.

Wessely. Ach laß mich doch! Der Mensch lebt nicht von Brod allein. Moses V, 8 Komma 3. — à propos Brod! Wenn wir wieder einmal unser Abendbrod auswärts verzehren wollen, werde ich mich vorher zu Hause satt essen.

Alexander (aufstehend). Ich danke Ihnen, lieber Freund, sowohl für Ihre Erzählung, als auch für die warme Schilderung des Lebens in den Bergen. Wahrhaftig, ich fühle mich wunderbar gestärkt. Herr Lehrer, reichen Sie mir die Hand, lassen Sie uns gute Freunde sein. Und Sie liebes Fräulein, werden Sie mir gestatten, daß ich Sie zuweilen besuche?

Rieckchen. Es wird mich freuen. Sie scheinen ein artiger und lieber Herr und sind gewiß von Herzen gut und brav.

Alexander. Und bin ich es noch nicht, so hoffe ich es hier recht bald zu werden. Noch einen Trunk, Papa, auf das Wohl Ihrer älteren Tochter — wie ist doch gleich der Name?

Wessely. Sie meinen Iduna?

Alexander (Diogenes fixirend). Iduna Wessely, ja richtig, auf ihr Wohl! (Trinkt.)

Diogenes (ihn rasch bei Seite ziehend). Iduna Wessely? Woher wissen Sie?

Alexander. Nun, kenne ich sie doch! Ich schmeichle mir zu ihren besten Freunden zu gehören. Ja, ich gestehe sogar, daß ich sie zu lieben glaubte und ihr vor ganz kurzer Zeit erst meine Hand antrug.

Diogenes. Nun — und —?

Alexander. Ich wurde abgewiesen, da sie anderweitig schon gebunden war.

Diogenes. Gebunden?

Alexander. So sagte sie; mehr weiß ich nicht. Doch glaube ich, weil sie gar so sehr von ihrer lieben Heimat schwärmte, daß hier vielleicht —

Diogenes (wendet sich plötzlich von ihm ab).

Alexander (triumphirend). Ah, habe ich ihn schon herausgefunden? Diogenes, Ihr Blut hat Sie verrathen; Sie selbst sind mein begünstigter Rival.

Diogenes (der sich rasch gesammelt, ruhig). Herr Baron; ich bitte meine plötzliche Erregung einzig dem Interesse zuzuschreiben, welches ich der Tochter dieses Mannes und meiner einstmaligen Schülerin stets bewahren werde. Von einem anderen Gefühle, als demjenigen aufrichtigster Freund= schaft kann zwischen dem armen Diogenes und der gefeierten Sängerin keine Rede sein. Ich gab das einstige Versprechen des bescheidenen Land= mädchens der berühmten Künstlerin im Stillen längst zurück. — Ich habe entsagt und liebe Iduna nicht mehr!

Alexander. Solche Gewalt besäßen Sie über sich selbst?

Diogenes. Ich kasteie nicht nur den Leib, auch das Herz!

Alexander. Und Sie könnten ruhig zusehen, wie ein Anderer mit ihr glücklich würde?

Diogenes (auffahrend). Ein Anderer? (Sich gewaltsam bezwingend.) Wird sie es auch durch ihn, so gönne ich ihm neidlos dieses Glück. (Nicht ohne innere Bewegung.) Ich habe entsagt.

Alexander (für sich). Nun, hätte sie das gewußt, sie wäre mir gegen= über dann wohl weniger zurückhaltend gewesen.

Stellung:

○ ⬚ Max. ⬚ ○ Engelhard.

Wessely.

○ Rieschen.   ○ Alexander.   ○ Diogenes.

Siebente Scene.

Vorige. Max. Engelhard.

Engelhard (von Außen). Nur da hinein, dort steht der Herr Baron.

Max (tritt ein von rechts, hält den ihm gegenüber stehenden Wessely im Zwie= lichte für Alexander und eilt mit ausgebreiteten Armen auf diesen zu). Alexander, Herzensjunge! (stolpert über das Strohlager und stürzt gerade vor Wessely in die Kniee.)

Wessely (ihm sofort die Hände wie segnend auf den Kopf legend): Posdrav vas pan Buh! (Grüße dich Gott!) — Mit wem hab ich die Ehre?

Alexander (eilt zu Max und ist ihm beim Aufstehen behilflich, laut lachend). Aber Max, was machst Du denn? Warum so unterwürfig? Das ist doch sonst Deine Art nicht.

Max (sieht Wessely ganz verblüfft an und kommt dann vor). Du, bei dieser Beleuchtung kann aber Einer Arm und Beine brechen!

Wessely (vorkommend). Mein Herr Baron, die Zeit ist uns in dero Gesellschaft so rasch verstrichen, daß wir beinahe des Heimganges vergaßen. Wir haben wohl noch häufiger die Ehre?

Alexander. Wenn Sie erlauben, bin ich morgen schon so frei, mich nach Ihrem Befinden zu erkundigen.

Wessely. Sie werden mir hoch willkommen sein.

Alexander (zu Rieckchen). Bin ich's auch Ihnen?

Rieckchen (gibt ihm die Hand, treuherzig:) Kommen Sie recht bald und — recht oft! (Geht zu Diogenes, um sich zu verabschieden.)

Engelhard. Gnädiger Herr, so gut es in der Eile möglich war, habe ich im Vorwerk ein Zimmer für Sie hergerichtet. Beliebt es Ihnen, mir dahin zu folgen?

Alexander. Im Augenblick. Ach hören Sie — (Spricht leise mit ihm.)

Max (zu Wessely). Sie nehmen es doch nicht übel, daß ich vorhin so ungestüm in Ihre Arme sank? Die schlechte Beleuchtung trägt die Schuld.

Wessely. Wohl Ihnen, wenn Sie nie in schlechtere Hände fallen!

Max. Sie sind wohl Prediger?

Wessely. Bitte, nur Schullehrer.

Max. Und so korpulent? Da sieht man, wie falsch es ist, zu behaupten, die Volksschullehrer seien zu schlecht bezahlt!

Wessely. Die gute Luft in diesen Bergen —

Max. Erzählen Sie das nicht weiter, erfährt es die Regierung, so wird Ihr Gehalt um die Hälfte beschnitten. (Ihm lachend auf den Bauch klopfend.) Na, Sie können's aushalten!

Wessely (etwas indignirt). Mit wem habe ich eigentlich die Ehre?

Max. Lieutenant Max Dittersbach.

Wessely. Ich hielt Sie für mehr, weil Sie wie Nikodemus bei der Nacht kamen, welcher weiland bei den Juden Oberst war.

Max. Bezweifeln Sie, daß ich noch Oberst werden kann?

Wessely. Bei den Juden? Dann müßten Sie erst nach Jericho gehen und sich den Bart wachsen lassen.

Max. Wie so? Wo stünde das geschrieben?

Wessely. Samuel II. 10 Komma 5. (Ab mit Rieckchen, die Alexander freundlich zunickt, welcher ihr darauf eine Kußhand zuwirft.)

Max. (verdutzt). So? Da muß ich gelegentlich einmal nachsehen. (Sieht, wie Alexander Kußhände wirft.) Sieh, sieh, da ist auch etwas Weibliches, das bemerke ich erst jetzt. Nein, dieser Alexander ist doch unverbesserlich.

Diogenes (zu Alexander). Wünschen Sie allein mit dem Herrn —?

Alexander. O keineswegs!

Diogenes. Ich will nicht stören. (Geht mit Engelhard nach rückwärts, sich mit diesem leise unterhaltend.)

Alexander. Nun, sage Max, was führt Dich denn hierher?

Max. Vor Allem mußt Du wissen, daß am selben Tage, als wir uns zuletzt sahen, mich die Nachricht vom Tode meines Schwiegervaters traf.

Alexander. Ah! Ich condolire. Nun da hast Du wohl etwas geerbt?

Max. Was Du denkst! Ein paar Hectaren steinigen Bodens und einen Berg, der bis heute noch keinen Pfennig einbrachte. Das Grundstück soll hier ganz in der Nähe liegen; ich kam hierher, mir den Quark anzusehen und ihn um jeden Preis zu verkaufen, dann reise ich sofort wieder ab, komme aber zur Testamentseröffnung wieder. Die Tante läßt Dich grüßen.

Alexander. Warst Du bei ihr?

Max. Der Weg hierher führte mich an ihrem Gute vorüber; ich blieb gestern den ganzen Tag dort. Du, ich weiß nicht was die Frau hat, aber es scheint mit ihrem Kopfe nicht ganz richtig zu sein.

Alexander. Wie so? Du erschreckst mich.

Max. Da bat ich Sie zum Beispiel in Tönen, die sonst einen Stein zu erweichen pflegen, um ein Darlehen von 15.000 Mark, weil ich in vierzehn Tagen einen Wechsel zu bezahlen habe. Sie aber lachte so vergnügt, als wenn es sich um Pfeffernüsse handelte und sagte ein über das andere Mal: Das genirt mich nicht, da habe ich ganz andere Sorgen. Ist das nicht stark? Daß sie es nicht genirt, wenn ich bezahlen soll, ist ja ganz richtig, aber deswegen lacht man doch Niemanden in's Gesicht! Du kannst mir wohl nicht mit 15.000 Mark aushelfen?

Alexander. Aber Max, Du weißt doch —.

Max. Daß Dich ein Eid hindert? Ja wohl! Aber das ließe sich umgehen. Kaufe mir um diese Summe meinen kahlen Berg ab. Es soll was d'rin sein!

Alexander. Was denn?

Max. Nickel, Junge, Nickel!

Alexander. Pah! Dann hätte schon Dein Schwiegervater längst darauf gemuthet!

Max. Er hatte das Geld nicht dazu, verstand auch nichts davon. Aber Du —

Alexander. Wenn ich auch wollte, so habe ich doch momentan das Geld nicht. Das weißt Du ja! — War das übrigens Alles, was Dich auf Geistesstörung bei der Tante schließen ließ?

Max. Doch nicht. Da sitzt sie zum Exempel gestern Abend am Piano und fängt an zu phantasiren, aber in lauter vorsündfluthlichen Melodien, so daß ich mich de facto vor der Dienerschaft geschämt habe. Plötzlich bricht sie mit einer schrecklichen Dissonanz ab und ruft, indem sie die Hände vor's Gesicht schlägt — à propos, verstehst Du etwas von Musik?

Alexander. Aeußerst wenig.

Max. Immer noch mehr wie ich, ich verstehe gar nichts. Also da ruft sie plötzlich: Ach D-dur! D-Dur! — Nun bitte ich Dich: D-Dur! Ich kenne A-Dur, E-Dur, C-Dur — D-Dur ist mir aber in meiner Praxis noch nicht vorgekommen.

Alexander. D-Dur? D-Dur? Den Namen hörte ich doch schon!

Max. So? Na, dann kann er Dir nur unter den Molltonarten vorgekommen sein, die sind mir total fremd geblieben. Uebrigens, was ich Dich fragen wollte? Wer war denn das weibliche Wesen, von welchem Du vorhin so zärtlich Abschied nahmst?

Alexander. Die Tochter des Lehrers.

Max. Du, der Vater gefällt mir gar nicht; Dir aber scheint die Tochter derartig zu gefallen, daß Du Iduna über sie schon ganz vergaßest.

Alexander. Ich sprach, ehe Du kamst, mit Diogenes über sie.

Max. Diogenes? Ach, das ist wohl der Sonderling, der hier einsam in der Ruine weilt? Ich hörte auf dem Herwege schon von ihm. Praktischer Arzt, Wundarzt und Ge — —

Alexander (stößt ihn an). Still doch, er hört Dich ja!

Max. So, das ist er? Na von etwas Anderem. Ja, denke Dir, das hätte ich von Iduna nie geglaubt —

Diogenes (wird aufmerksam). Iduna — !

Alexander. Was denn?

Max. Weißt Du, warum sie Deine Hand ausgeschlagen?

Alexander. Weil ein nicht zu beseitigendes Hinderniß im Wege lag.

Max. Aber welcher Art das Hinderniß war, erfuhrst Du nicht. Ich hab's heraus. Sie ist verheiratet.

Alexander. Ach! Du scherzest!

Max. Nein! Und weißt Du mit wem? Mit dem Professor Lustig, den sie für ihren Onkel ausgibt. Iduna ist seine Frau.

Diogenes (rasch vorkommend und Max bei'm Arme fassend). Herr!

Max (sehr erschrocken). Gerechter, wie mögen Sie Einen nur so erschrecken?

Diogenes. Sie? Verheiratet?

Max. Ja, leider.

Diogenes. Mit wem?

Max. Mit einer geborenen Schachtelmannshausen. Was geht Sie denn meine Frau an?!

Alexander (dazwischen tretend). Max, es wird Zeit zu gehen! Ueberlassen wir den Herrn jetzt wohlverdienter Ruhe und suchen auch wir das Lager auf. Was Du mir sonst noch mitzutheilen hast, kannst Du mir unterwegs erzählen. Geh, ich folge Dir auf dem Fuße. (Gibt Engelhard einen Wink mit Max fortzugehen.)

Max (im Abgehen). Was geht nur diesen Mauernweiler meine Frau an? (Ab mit Engelhard. Seite Rechts.)

Alexander. Freund, beherrschen Sie sich. Wie sagten Sie vorhin? Sie haben kein Recht an Jduna's Liebe und nun?

Diogenes. Es ist wahr! Und doch! — Kann es nur möglich sein? Ihre Angehörigen wissen von einer Heirat nichts.

Alexander. Ach Thorheit! Mein Vetter befindet sich im Stadium hochgradiger Nervosität und wirft die Dinge kunterbunt durcheinander. Er meint den Onkel Jduna's. Nun wir wissen ja, daß er es in der That ist. — Aber ich hatte doch Recht mit der Annahme: Die Liebe habe Sie zum Anachoreten gemacht! Nun denn, die Liebe führt Sie wiederum dem Leben zu. Was ich dazu thun kann, das soll nicht mehr wie gerne geschehen! Sie lieben Jduna und Sie sind von ihr geliebt und um solcher Liebe Willen ist's wohl angezeigt, daß man ein Opfer bringt. Jduna opfert ihr eine glänzende Carrière auf — werden Sie anstehen ihr weit geringeres — eine Grille aufzuopfern? Wir sprechen noch darüber. Nun gute Nacht mein Freund; nicht wahr das sind Sie doch?

Diogenes. Aus Herzensgrund!

Alexander. Ich aber will noch mehr — ich will Dir Bruder sein! (Küßt ihn.) Es war kein Judaskuß! Nun gute Nacht! Sei Du mein Arzt, ich will der Deine sein. Die Kur ist nicht besonders schwer. Du gibst mir etwas ab von Deinem Wesen; ich Dir von meinem und in kurzer Zeit, da lachen wir vergnügt uns Beide aus. Auf Wieder= sehen morgen. Gute Nacht! (Eilig ab Rechts.)

Diogenes (ihm nachblickend, innig). Freund — Bruder! (Pause.) Und Jduna? (Wirft sich auf das Lager.) Morgen kündige ich die Wohnung auf!

(Vorhang fällt.)

Dritter Akt.

Hofraum im Schulhause. Den Hintergrund bildet eine wildromantische Gebirgslandschaft. Das praktikable und circa 4 Schuh in die Bühne hereinstehende Schulhaus bildet von der ersten Coulisse rechts anfangend und in der Mitte der Bühne abschließend einen rechten Winkel. Rechts vorn an der dem Publikum zugewendeten Seite ein Fenster; vor demselben eine einfache Gartenbank und ein Tisch), daneben zwei Stühle. In der Langseite des Hauses befindet sich auf drei Stufen die Eingangsthüre; in der dem Publikum zugekehrten Hinterwand zwei Fenster, die geöffnet sind und welche einen theilweisen Einblick in die Schulstube gestatten. Von da, wo das Gebäude abschließt, bis in die Coulisse links läuft ein Holzstacket, in welchem sich die Eingangsthüre befindet. Links im Vordergrunde eine Pumpe mit steinernem Troge. Bei Beginn des Aktes ist es ungefähr 6 Uhr Abends; im Laufe desselben tritt die Dämmerung, am Schlusse völlige Nacht ein.

Erste Scene.

Wessely. Lustig. Iduna. Riekchen. Schulkinder.

Wessely sitzt mit Lustig am Gartentische rechts, auf welchem ein einfaches Kaffeeservice steht. Iduna und Riekchen gehen Arm in Arm im Hofraume spazieren. Von der Schulstube aus hört man die Kinder im Tempo buchstabiren und syllabiren und zwar nach der gegenwärtig gebräuchlichen Methode. Der Dialog im Vordergrund der Bühne darf indessen hiedurch nicht gestört werden.

Lustig. Nach Allem was ich von Iduna und Dir vernommen, ist es keinem Zweifel mehr unterworfen, daß der unter dem Namen Diogenes hier weilende junge Mann mit Jenem identisch ist, dessen Spur mir vor sechs Jahren verloren ging.

Wessely. Aber Iduna kannte doch die Lebensgeschichte ihres Freundes genau; wie kam sie nur so spät erst auf die Vermuthung, er und der von Dir Gesuchte seien e i n e Person?

Lustig. Meine Schuld. Nie erwähnte ich des jungen Mannes in ihrer Gegenwart. Vor Kurzem wollte es der Zufall, daß sie auf den Sonderling in der Burgruine zu sprechen kam und erfuhr ich bei dieser Gelegenheit nicht nur, daß sie meinen Flüchtling genau kennt, sie ließ mich auch errathen, daß sie ihn von ganzer Seele liebt.

Wessely. Und du willst mir das Geheimniß seiner Geburt nicht enthüllen?

Lustig. Morgen werdet Ihr Alle es erfahren, bis dahin lasse mich schweigen. Doktor Ehrenzweig, der geschworene Feind des armen Jungen, ist hier angekommen und ein einziges unbedachtes Wort aus Deinem Munde wäre für ihn hinreichend, um Kapital zu unserem Nachtheile daraus zu schlagen. Er hält ihn für todt und darf vor Eröffnung des Testamentes keine Ahnung von seiner Wiedererstehung haben. — Doch die Zeit drängt; ich muß fort, will ich das Freifräulein noch auf der Bahnstation treffen.

Wessely. Entschuldige einen Moment. Meine Buben glauben wahrscheinlich wieder einmal, der Löwe schliefe, weil er nicht brüllt! (Nimmt die auf dem Tische liegende Ruthe und schleicht sich um die Ecke in die Hausthüre. Die Kinder hatten gleich nach Beginn der Scene mit ordnungsmäßigem Buchstabieren aufgehört und ein wüstes Durcheinander war entstanden. Jetzt, nach kleiner Pause, tritt Stille ein, die nur durch einzelne Schmerzenslaute unterbrochen wird; dann hört man Wessely vorbuchstabieren, dem die Kinder im Chore nachsprechen.)

Iduna. Die armen Kinder! Warum sie Papa auch so lange hierbehält?

Rieckchen. In ihrem eigenen Interesse. Am Tage ist es in den engen Stuben zu heiß. Bald ist's übrigens vorbei; noch etwas Gesang, dann schickt er sie nach Hause.

Iduna. Gesang? Also der Genuß steht uns auch noch bevor? Onkel, wie wird Dir?

Lustig. Ich kann leider nicht darauf warten. (Sieht nach der Uhr.) Die Post geht in einer Viertelstunde ab.

Iduna. Wann wirst Du zurück sein?

Lustig. Ich denke schon morgen Früh. Sollte ich Aurora verfehlen, kehre ich augenblicklich wieder um. Willst Du so gut sein, Rieckchen, mir Hut und Schirm herauszubringen?

Rieckchen. Gern, lieber Onkel. (Ab in's Haus.)

Lustig. Iduna, was ich Dir über die Herkunft Deines Freundes und meine Beziehungen zu ihm mitgetheilt, behalte vorläufig für Dich; Dein Schweigen wird ihm von Nutzen sein.

Iduna. Ich werde schweigen. Aber der Vater —?

Lustig. Er am allerwenigsten darf etwas wissen. Er plaudert gern. Den Tod unserer Schwester, die er zärtlich liebte, durfte ich ihm zwar nicht verheimlichen, aber die Kenntniß der eigenartigen Umstände, die denselben herbeigeführt, taugt nicht für seine friedliche Seele.

Iduna. Und was hast Du von Ehrenzweig zu befürchten, erfährt er den wahren Sachverhalt zu früh?

Lustig. Daß er alle ihm zur Verfügung stehenden Kniffe und Tücken gegen mich in's Treffen führt, um meine Behauptung lahm zu legen, die ich leider im Augenblick durch nichts beweisen kann. Die gerichtliche Beglaubigung für die Existenz des fälschlich todtgesagten Knaben ist mir abhanden gekommen. Ich habe zwar bereits an unsere Gesandtschaft in Paris telegraphirt, trotzdem würden die Papiere nicht mehr rechtzeitig eintreffen. — Seit Jahren schon bewirbt sich Ehrenzweig um die Hand der Freiin von Dittersbach und ist bemüht, die ganze Nachlassenschaft

des seligen Barons in deren Hände zu spielen. Ich will dem zuvor=
kommen und ihr noch rechtzeitig die Augen öffnen, deshalb muß ich eilen.

Wessely (aus dem Hause, die Ruthe unter'm Arme). So! Der Aufstand ist
mit geringer Anwendung von Brachialgewalt unterdrückt. Du bist reise=
fertig?

Lustig. Die Post wartet nicht und eine andere Fahrgelegenheit existirt
nicht. A propos, fast hätte ich vergessen. (Wessely etwas bei Seite ziehend,
halblaut.) Für den Fall, daß ich die Baronesse verfehlen und nicht recht=
zeitig zurück sein sollte, übergieb oder sende ihr durch einen sicheren Boten
diesen Brief. Er ist von größter Wichtigkeit. Jedenfalls muß er vor zehn
Uhr in ihren Händen sein. Vor Allem ist darauf zu achten, daß Dr.
Ehrenzweig nichts davon erfährt, vor welchem ich Dich nicht genug
warnen kann.

Wessely. Ist der so gefährlich?

Lustig. Er kann es werden. Also besorge das. Bin ich vor Zehn
schon zurück, dann ist die Uebergabe des Briefes nicht mehr nöthig.

Riekchen (die schon etwas früher aufgetreten war und mit Jduna leise sprach).
Hier, Onkel, ist Hut und Regenschirm.

Lustig. Ich danke. Und nun lebt wohl. Auf fröhliches Wiedersehen.◆
(Ab durch die Gartenpforte.)

Alle (ihn begleitend). Adieu, adieu!

Zweite Scene.

Wessely. Jduna. Riekchen.

Riekchen. Nein, diese Heimlichkeiten! Seit Onkel mit Jduna ange=
kommen, haben wir noch nicht ein einziges allgemeines Gespräch geführt.
Selbst bei Tische kam die Unterhaltung oft in's Stocken, weil Einer dem
Andern immer nothwendig etwas in's Ohr zu flüstern hatte.

Wessely. Ja, da hast Du nicht Unrecht. Darum lasse uns jetzt unter
uns recht vergnügt sein. (Umarmt Jduna, ohne die Ruthe wegzulegen). Ach,
Du mein herzliebes, berühmtes Töchterchen! Nun sage, wie fühlst Du
Dich denn in der alten Heimat?

Jduna. O, ich bin glücklich. Alles ist hier noch wie ehedem und jeden
Baum und Strauch begrüßte ich als alten, lieben Bekannten, und als
beim Vorüberfahren an der Mühle das Storchenpaar auf dem Schorn=
stein wie auf ein gegebenes Zeichen anfing zu klappern, da traten mir
die Thränen in die Augen, es war der erste laute Gruß in meinem
geliebten Heim.

Wessely. Die Störche haben geklappert? Du, das bedeutet etwas.
Da bekomme ich als Standesbeamter wieder zu thun. Und mein
Bruder saß neben Dir? Na, na, nun ist's vorbei mit dem Hagestolz!
(Jduna bei Seite ziehend, leise.) Du weißt doch, daß er vor langen Jahren
mit der Baronesse Dittersbach so gut wie verlobt war?

4

Iduna. Ach nein, das wußte ich nicht. Bitte, erzähle mir davon.

Wessely. Jetzt eben fährt er ja zu ihr hin. Na, gib Acht — (sieht in diesem Augenblick Riekchen, die Iduna nachgegangen war und ganz Ohr ist.) das Kind! Aber Riekchen, schämst Du Dich nicht? Wer wird so neugierig sein!

Riekchen (ärgerlich). Ich soll aber auch gar nichts wissen. Was Du übrigens Iduna von den Störchen erzählen willst, das ist mir längst bekannt. Wenn der Storch klappert, bedeutet's: ein Knabe und thut's die Störchin, ein Mädchen!

Iduna (wendet sich verlegen lächelnd ab und geht an Riekchen vorüber nach Seite Links). Aber Riekchen!

Wessely (hoch erstaunt). Ich falle aus der Atmosphäre! Du weißt ja von Störchen schon mehr wie ich! (Sieht hierbei zufällig nach rückwärts und steht starr, als er die Fenster der Schulstube vollgepfropft von Kinderköpfen sieht, die vom Stichwort „Wie fühlst Du Dich in Deiner alten Heimat?" an, sich nach und nach daselbst ansammelten und neugierig zuhörten.) Da siehst Du, was Du angerichtet hast! Wollt ihr wohl auf die Plätze, nichtsnutzige Rangen? (Eilt, die Ruthe schwingend, durch die Hausthüre in die Schulstube, wo sich dasselbe Manöver wie vorher wiederholt.)

Riekchen (sich in Iduna's Arm einhängend). Du, Schwesterchen, war denn das so was Schlimmes?

Iduna (froh lachend). Nichts; erhalte Dir nur noch recht lange Dein unbefangenes Herz.

Riekchen. Man sagt doch: Jung gefreit hat nie gereut!

Iduna. Die Redensart ist lange nicht mehr wahr.

Riekchen. Du aber hast doch auch schon lange Dein Herz verloren und warst noch jünger wie ich heute bin. Ich kenne auch den, der es gefunden hat.

Iduna (wendet sich verschämt ab). O, geh doch!

Riekchen. Na, es ist nur ein Glück, daß Du gleichzeitig auch das Seine fandest und es mit Dir fortnahmst; denn wenn Du so ganz ohne Herz in der Residenz hättest herumlaufen müssen, das wäre ja schrecklich gewesen. Lieber doch ein fremdes, als gar keines. (Sieht den Vater, der wieder aufgetreten war und seinen Kopf zwischen beide Mädchen steckt, erschrocken.) Hu, hu!

Wessely. Warum huhu? — Du gehst augenblicklich hinein in's Zimmer und körnst Erbsen aus. Morgen gibts grüne Erbsensuppe, die ißt mein Bruder gern, das weiß ich noch von früher.

Iduna. Ich werde ihr dabei helfen.

Wessely. Das könnte fehlen. Du und Schoten auskörnen, Du mit dem gestrichenen F in der Kehle. Das paßt sich nicht. Sie muß bestraft werden wegen allzugenauer Detaillirung des Storchgeklappers.

Riekchen. Papa, Du behandelst mich heute wie ein kleines Kind. Ich bin aber keines mehr und will als Dame behandelt sein.

Wessely (komisch wüthend). Riekchen, reize mich nicht. Ich vergesse sonst meine angeborne Gutmüthigkeit und haue meine 104 Schulkinder durch, daß da sein wird Heulen und Zähnklappen, wie bei Matthäi 8 Komma 12.

Riekchen. Gut denn; die armen Würmer sollen um meinetwillen nicht leiden. Ich gehe. Ich setze mich in die Stube und körne Erbsen. Aber keine Silbe spreche ich heute mehr mit Dir. Und Iduna, wenn Diogenes kommen und nach mir fragen sollte, dann entschuldige mich und erzähle ihm, wie ich hier behandelt werde. Fahre nur so fort, Papa, mit Deinen Grausamkeiten! Weißt Du, was aus Dir noch werden kann: Der Tyrann von Schreckenstein. Und weißt Du, bei wem Du noch in die Schule gehen kannst: Beim Tyrann von Syrakus! (Rasch ab in's Haus.)

Iduna (unangenehm berührt). Aber Papa, wozu war das gut?

Wessely. Strafe muß sein; denn so man das nicht thut am grünen Holze, was soll am dürren werden? Lukas 23 Komma 31! — Ich bin ganz aufgeregt. Komm', setze Dich zu mir! (Setzt sich auf die Bank am Fenster; Iduna desgleichen auf einen Stuhl ihm schräg gegenüber; Riekchen im Innern am Fenster, setzt sich daselbst rechts vom Zuschauer, so daß sie von Iduna, die ihr halb den Rücken zukehrt, nicht gesehen werden kann.)

Wessely. Nicht wahr, Ihr spracht von Diogenes? Was meinte denn Riekchen? Gelt, das dumme Ding zog Dich auf?

Stellung:

　　　　○ Riekchen (innen am Fenster).

　　○ Wessely.

　　　○ Iduna.

Iduna. Lassen wir das, Papa. Wir wurden vorher unterbrochen. Du wolltest mir vom Onkel und der Baronesse erzählen.

Wessely. Ja richtig; wo waren wir denn stehen geblieben?

Iduna. Sie standen also in freundschaftlicher Beziehung zu einander?

Wessely. O mehr als das. Sie liebten sich zum Davonlaufen. Das gnädige Fräulein war auch davongelaufen.

Iduna. Wem? Dem Onkel?

Wessely. Nein, ihrem Vater. — Du weißt doch, daß mein Bruder und meine Schwester ehedem beim Theater waren? Beide unter dem Namen Odur. Das ist nämlich einer meiner Vornamen, den haben sie sich von mir ausgeliehen. Er hat zwar selbst einen antiken Vornamen, aber für einen Tenoristen nicht recht paßlich; er heißt außer Nepomuk nämlich noch Pipin.

Iduna (lachend). Wie kommt ihr Beide denn zu solch' absonderlichen Namen?

4*

Wessely. Unsere Mutter war eine Böhmin und dieser verdanke ich den Wenzel und er den Nepomuk. Der Vater war dagegen ein Urgermane und setzte als Gegengewicht neben den Wenzel den alten Heidengott Odur und neben den Nepomuk den fränkischen Pipin.

Iduna. Daß sich der Onkel beim Theater Odur nannte, erfuhr ich leider erst vor Kurzem, sonst hätte die Gleichheit des Namens die Rede schon früher auf Diogenes führen müssen.

Wessely. Ach richtig! Das ist ja der wirkliche Name des Einsiedlers da oben. Sieh, sieh! Weil ich ihm selbst den Namen Diogenes beigelegt, habe ich seinen eigentlichen Namen ganz vergessen. Aber halt, halt! Ein Lichtstrahl! Nun ist mir schon Alles klar.

Iduna. Was ist Dir klar.

Wessely. Die dunkle Herkunft unseres Diogenes.

Iduna (erstaunt). Ei! Wie so?

Wessely (pfiffig lächelnd). Natürlich! Mein Bruder und das adelige Fräulein liebten sich ohne Erlaubniß des Barons. Dieser benahm sich gegen seine Schwester wie ein Raubritter, als er von ihrer Liebe Kenntniß bekam. Er sperrte sie ein; sie entfloh und blieb in stiller Verborgenheit einige Zeit bei meiner Schwester. Der Baron entdeckte aber ihren Zufluchtsort und führte sie mit Gewalt weg. Dann brachte er meinen Bruder um's Brod und ließ ihn aus der Stadt treiben. — Meine Schwester ging einige Monate später nach Paris, wo sie bald nachher starb. Was sie veranlaßte, dahin zu reisen, blieb mir stets unbekannt. Jetzt auf einmal ist mir Alles klar! — Sie ging als Begleiterin der Baronesse dahin — und — Diogenes wurde ja um jene Zeit in Paris geboren.

Iduna. Und den Namen Odur, glaubst Du —?

Wessely. Hat er von seinem Vater, meinem Bruder, der damals noch so hieß; erst später nahm er den Namen Lustig an.

Iduna. Ich bitte Dich, Papa, kombinire nicht weiter und ziehe keine falschen Schlüsse. Morgen wirst Du ja das Richtige erfahren. Aber höre nur, wie laut die Kinder sind; schicke sie doch fort, es beginnt schon zu dunkeln.

Wessely. Gleich, gleich! Nur noch ein Abschiedslied, dann mögen sie in's Himmelsnamen gehen. (Ab in's Haus.)

Rieckchen (die bisher mit gespannter Aufmerksamkeit zuhörte, legt den Kopf zurück und törnt Erbsen aus).

Iduna. Wie sich der Vater irrt! Und doch liegt die Annahme, Hermann Odur, genannt Diogenes, sei meines Onkels Sohn, nicht gar so ferne. — Schon bin ich neun Stunden hier und immer noch läßt er sich nicht sehen. Ist's Zufall oder Absicht? Sollte er wirklich noch nicht wissen, was das ganze Dorf schon weiß, daß ich hier bin? — Wie man sich doch verrechnen kann! Fünf Jahre lang sehnte ich mich nach diesem Tage; malte mir sein hohes Entzücken in der ersten Stunde des

Wiedersehens in glühendsten Farben aus und nun – bin ich da und —
bin enttäuscht wie niemals noch im Leben. Ob er doch am Ende noch
nichts weiß; vielleicht ist er in seine poetischen Schöpfungen ganz ver-
tieft. Ich will ein wenig auf dem Bergweg promeniren, vielleicht bemerkt
er mich. Wenn der Vater die Schule geschlossen, bin ich schon zurück. —
Ob ich den Hut — ah, hier auf dem Lande braucht man ja dergleichen
nicht. (Geht nachdenklich hinter dem Gatter links ab.)

Dritte Scene.

Rieckchen im Hause am Fenster: Wessely in der Schulstube; gleich darauf Ehrenzweig.

Rieckchen. Die Schwester scheint stark verstimmt. Nun, ist's ein
Wunder? Was hat sie davon, daß sie fünf Jahre lang auf der chroma-
tischen Tonleiter herumbalancirte und sich einen Sack voll Geld verdient
hat, wenn der, um dessentwillen sie es eigentlich that, sich wie ein trotzig
Kind geberdet — warum? Weil er seiner Frau nichts zu verdanken
haben will. So ein Mufti! Da ist mir Alexander doch bei weitem lieber,
trotz seiner etwas anrüchigen Vergangenheit. Wie hat sich der in zwei
Wochen zu seinem Vortheile verändert. Es ist unglaublich. Diogenes
meint, er und die Bergluft seien Schuld daran. Hahaha, ich weiß es
besser! Gott sei Dank, daß er hier ist, sonst käme ich trotz aller mich
umgebenden räthselhaften und verzwickten Liebes- und Wahlverwandtschafts-
Romane vor Langeweile um. Der Baron gefällt mir, den werde ich
mir erziehen! Er scheint bildungsfähig und dabei bis über die Ohren in
mich verliebt. Das ist mir noch nicht genügend; ich brauche einen Mann
von eiserner Anhänglichkeit! Moltke im Herzen, Bismark im Busen!
Ich gebrauche eine bündige Erklärung, schriftlich, dann bin ich beruhigt.
(Schließt das Fenster.)

Wessely (stimmt jetzt mit seinen Schülern ein Lied an, das die Regie aus-
wählen möge und begleitet den Gesang auf der Violine, sehr häufig kratzend den
Gesang unterbrechend um den richtigen Ton anzugeben. Nach kleiner Pause tritt
Ehrenzweig durch die Gartenpforte herein).

Ehrenzweig. Hier ist das Schulhaus, zugleich auch Standesamt.
Kann ich irgendwo Auskunft erhalten, so muß es hier sein. Meine Ver-
ehelichung mit Aurora darf sich nicht länger hinzögern, will ich überhaupt
noch die Früchte jahrelangen Mühens genießen. Ich habe ihrer alten
Liebe, diesem längstverschollenen Tenoristen, auf's Neue nachgeforscht und
endlich hier eine Spur gefunden. Hier, wo er geboren, weiß man vielleicht etwas über seinen Verbleib. — Irre ich nicht, so bemerkte ich eben
in einiger Entfernung den Vetter Max. Morgen ist sein Wechsel fällig.
Vielleicht kann ich mich gütlich mit ihm einigen. Er hat da ein Grundstück geerbt, in welchem nach Meinung der Bewohner dieser Gegend
Nickelerz zu finden sein soll. Das könnte man ja ausbeuten. Wollen
sehen.

Wessely (der Ehrenzweig vom Fenster aus bemerkte und fortwährend auf der Geige den Gesang begleitend, heraus= und neben ihn getreten war). Mit wem habe ich die Ehre?*)

Ehrenzweig (aus seinen Gedanken aufschreckend). Um Vergebung, ich suchte den Standesbeamten; doch scheine ich in der Wahl der Stunde nicht glücklich gewesen zu sein.

Wessely. Ist die Angelegenheit sehr verwickelt?

Ehrenzweig. Das wohl nicht. Es handelt sich nur um Auskunft über eine vor 52 Jahren hier geborene und zuständige Persönlichkeit.

Wessely. Dann müßte ich im alten Kirchenbuche nachschlagen. — Bitte noch um drei Strophen Geduld. — Wie heißt die Person?

Ehrenzweig. Der Name ist an sich auffallend genug: Odur!

Wessely (plötzlich abbrechend; der Gesang der Kinder dauert noch wenige Takte fort, dann verstummt er und die Fenster füllen sich, wie schon früher, mit Kinder= köpfen). Odur?

Ehrenzweig. Heißt Jemand so hier im Orte?

Wessely. Gewiß, und ich erlaube mir, diesen Jemand hoch zu schätzen.

Ehrenzweig. Wahrhaftig? — War er früher bei'm Theater?

Wessely. Dieses weniger. (Sich besinnend). Ach so? Ja wohl, es stimmt.

Ehrenzweig. Ist Ihnen vielleicht bekannt, daß er in früherer Zeit mit einer Dame aus der höheren Aristokratie so gut wie verlobt war?

Wessely (unruhig werdend). Davon weiß ich allerdings.

Ehrenzweig. Deren Bruder seinerzeit wieder mit der Schwester Odur's in sehr intimen Beziehungen stand —?

Wessely. Oho!

Ehrenzweig. Mit ihr nach Paris zog, woselbst sie nach der Geburt eines Knaben starb?

Wessely. Wer? Meine Schwester?

Ehrenzweig (sehr überrascht). Ihre Schwester? Sie sind es selbst? Sie sind Odur?

Wessely. Ich bin Odur Wenzel Wessely! Was wollen Sie von meiner Schwester? Wer sind Sie?

Ehrenzweig. Thut hier nichts zur Sache. Und Sie sind Dorfschul= lehrer? Haben Sie viele Kinder?

Wessely. Hundert und vier —!

Ehrenzweig. Unsinn! Ich meine, ob Sie selbst Familie haben?

Wessely. Auch das.

Ehrenzweig. Sieben Kinder, nicht wahr?

Wessely. Warum sieben?

Ehrenzweig. Nun, die bei Schullehrern übliche Zahl.

*) NB. Es bleibt dem Darsteller überlassen im Laufe der Scene mehreremale abzubrechen und sich nach dem Fenster der Schulstube wendend, den Ton scharf kratzend zu berichtigen; mit dem Fidelbogen den Takt zu schlagen, überhaupt nach bestem Ermessen die Scene durch passendes Spiel auszuschmücken, wobei ich mir nur erlaube vor dem „zu viel" zu warnen.   Der Verfasser.

Wessely. Ich habe nur zwei.

Ehrenzweig. Schade, die Wirkung auf die alte Jungfer wäre drastischer gewesen. (Bei Seite.) Der geliebte, verhimmelte Odur ein dickbäuchiger Schullehrer und Vater von sieben — lassen wir's bei sieben — hoffnungsvollen Sprößlingen, das ist prächtig! Nun, Aurora bist Du mein! (Laut.) Adieu! (Eilig ab, hinten Rechts.)

Wessely. Erlauben Sie, jetzt möchte auch ich etwas fragen. Fort ist er! (Sieht die Kinder, eilt wüthend an's Fenster und schlägt mit dem Fidelbogen nach ihnen, ohne jedoch eines zu treffen.) Wollt ihr wohl, ihr ungezogenen Rangen! Allons, zweite Strophe! (Geigt und singt mit den Kindern; nach einigen Takten kommt Max eilig durch die Mitte von Links).

Vierte Scene.

Wessely. Max.

Max (sehr aufgeregt, eilt auf Wessely zu, ihn beim Arme fassend). Nur einen Moment, bester Herr! (Zieht ihn nach dem Vordergrunde.) Bitte, sagen Sie mir die Wahrheit: Was wollte dieser Mensch von Ihnen?

Wessely. Herr Lieutenant, ich bitte mich in Ruhe zu lassen. Ich bin im Dienste.

Max. Das ist nicht wahr. Wer im Dienste ist, läuft nicht mit der Geige im Hofe herum.

Wessely. Herr, reizen Sie mich nicht; ich bin schon mehr wie aufgeregt.

Max. Was wollte der spitzbübische Advokat von Ihnen?

Wessely. Ein Advokat? Wie heißt er?

Max. Ehrenzweig.

Wessely. Herr Gott, vor dem wurde ich ja gewarnt.

Max. Hat man Sie gewarnt? Ich warne Sie ebenfalls. Erkundigte er sich allenfalls nach mir?

Wessely. Nein, aber nach Jemand Anderem.

Max. Dann hat er mich doch nicht erkannt. Bitte um Entschuldigung, mehr wollte ich nicht wissen. —

Wessely (steht mit dem Gesichte nach den Fenstern gewendet und singt). C — D — G — (kratzt stark auf den Saiten.)

Max (hält ihm plötzlich den Fidelbogen fest). Àpropos! Sie sind Musiker! Beantworten Sie mir als Fachmann gefälligst eine Frage. Gibt es unter den zwölf Molltonarten eine, die O-Dur genannt wird?

Wessely. Schon wieder?? Was haben nur heute Alle mit Odur vor? Nach dem erkundigte sich auch der Advokat?

Max. Versteht denn der etwas von Musik?

Wessely. Ach was Musik! Gott weiß, was da los ist; ich hab's satt!

Max. Aber was ist denn Odur eigentlich für ein Ding?

Wessely (zornig). Ein Ding! Mein Name ist's! Ich selber bin's!

Max. Ach! Nicht möglich! Und Tante Aurora! Ha, Licht! Ein Meer von Licht! Dieser Doktor will sie heiraten, sie aber sehnt sich nach Odur — einer alten Liebe — vorsündfluthlich! — Ein Ocean von Licht! Herr, Sie sind der frühere Freund meiner Tante — Sie sind geliebt; lieben auch Sie Aurora noch?

Wessely (in peinlichster Verlegenheit der Kinder wegen, die mittlerweile wieder die Fenster füllen). Schreien Sie doch nicht so! Wollen Sie mich denn bei der ganzen künftigen Generation in Verruf bringen? Ich habe nie eine Tante geliebt.

Max. Dann sind Sie ein ganz ordinärer Charakter. Wenn man so geliebt wird, wie Sie, muß man wieder lieben! (Die Tante kopirend.) Ach Odur, Odur! Herr, wenn Sie meine Tante verrathen haben, Sie müssen mir vor die Klinge! Vor der Hand Adieu! (Ab durch die Mitte, dann rechts.)

Fünfte Scene.

Wessely, Rieckchen, welche in die Hausthüre getreten ist.

Wessely (mit Geige und Bogen um sich schlagend). Jetzt habe ich's satt! (Zu die Fenster der Schulstube schreiend). Macht, daß ihr nach Hause kommt und grüßt eure lieben Eltern! Morgen ist keine Schule; ich habe was Anderes zu thun! (Jubeln der Kinder Innen; zu Rieckchen.) Gib mir meinen Hut, ich muß fort in den Wald, wo er am tiefsten ist!

Rieckchen. Was ist denn geschehen, Papa?

Wessely. Ich weiß es selber nicht! Laß mich! Wo ist Iduna?

Rieckchen. Die sucht die Einsamkeit und klagt über ihr verlorues Liebesglück!

Wessely. Hat sie Dir davon etwas gesagt?

Rieckchen. Das sieht man ja doch auf den ersten Blick.

Wessely. Ich habe nichts gesehen!

Rieckchen. Du hast eben kein Verständniß für Liebe! Sage, Papa, darf denn eigentlich Deines Bruders Sohn Deine Tochter heiraten?

Wessely. Was, was? Meines Bruders Sohn?

Rieckchen. Nun, ich nehme nur an — Diogenes wäre Deines Bruders Sohn, ich setze nur den Fall! — Darf denn ein Vetter seine Base heiraten?

Wessely. Nach dem neuen Strafgesetzbuch — ja! Was weißt denn Du von der Geschichte?

Rieckchen. Ich habe manchmal lebhafte Ahnungen. Noch Eins Papa. Wenn nun Deines Bruders Sohn, gleichzeitig auch der Sohn von Alexanders Tante wäre, würde diese verwandtschaftliche Beziehung ein gesetzliches Hinderniß für den Baron bilden, Deine jüngere Tochter zu ehelichen?

Wessely. Was, was? Bin ich verrückt oder bist Du es? Das ist zu viel für meinen alten Kopf! Ich muß hinaus — in's Wirthshaus!

Ich muß wissen was der Doktor mit meiner Schwester wollte! Meinen Hut! (Rieckchen eilt in's Haus.) Und was sagte mein Bruder? Ehrenzweig dürfe keine Silbe von alledem wissen, was ich selber nicht weiß? Und ich habe ihm alles verrathen! Ich muß den Menschen haben, ich muß ihn unschädlich machen, ihn und auch den Lieutenant. Jedenfalls logirt der Doktor in der Schenke; hat er dort etwas genossen, dann ist er vielleicht jetzt schon todt. Das dortige Getränke können nur Eingeborene vertragen.

Rieckchen. Da ist Dein Hut, Papa! (Stülpt ihm denselben auf den Kopf.)

Wessely. Leb' wohl!

Rieckchen. Wenn aber Iduna nach Dir fragt?

Wessely. Dann kannst Du ihr die Antwort schuldig bleiben. Ich bin in einer Stimmung, die keinen Widerspruch verträgt. — Wuth, Aerger, Zorn! — Erwartet mich nicht, legt euch schlafen! Leb' wohl und schlaf' gesund. (Eilig ab durch die Mitte dann nach Rechts.)

Sechste Scene.

Rieckchen, gleich darauf Diogenes; später Iduna.

Rieckchen. Ist das noch das friedlich stille Schulhaus? Hier geht's schon zu wie in einem Taubenschlag. Erst kam der Baron und störte meinen Seelenfrieden, indem er einen Feuerbrand in mein unbewachtes Herz schleuderte, dann kommt Iduna und sammelt feurige Kohlen auf das Haupt des Philosophen von Schreckenstein; dann der Onkel mit seiner unter der Asche fortglimmenden Liebe —! Ein ganzes Flammenmeer von Liebe und nur der Papa allein brütet Rache! Was ist denn das? Wer kommt denn da?

Diogenes (kommt von Rechts hinten mit Wessely's Geige, auf welcher er spielt und dazu singt: „Ach Du kannst nicht begreifen, nicht fühlen ꝛc.")

Rieckchen. Aber um Gotteswillen Diogenes, wer hat Ihnen denn etwas gethan, daß Sie so jammern?

Diogenes (viel munterer als im vorigen Akte). Dein Papa ist schuld! In wilder Flucht jagte er durch die Gasse, drückte mir, der ich eben dem Postwagen entstieg, diese herrliche Amati in die Hand und rief mir in höchster Aufregung die Worte zu: „Wenn Sie mein Freund sein wollen, so nehmen Sie das Jammerinstrument und geben Sie es im Vorübergehen bei Rieckchen ab." Sprach's und schlug sich seitwärts in die Schenke. Was fehlt denn unserem kundigen Thebaner?

Rieckchen. Scherzen Sie nicht über meinen Papa. Seine Aufregung ist wohlbegründet. Wo steckten Sie denn heute den ganzen Tag?

Diogenes. Ich war verreist. Ich hatte heute einen guten Tag.

Rieckchen. Das merkt man. Sie feiern wohl neuerdings zweimal im Monat den Vierzehnten? Wo waren Sie denn?

Diogenes. In der Stadt, auf dem Bergamte und dem Landgerichte. Ich habe ein gutes Geschäft dort abgeschlossen. Aber nicht darum allein bin ich so guter Laune. Mir war's den ganzen Tag, als sollte mir noch recht Angenehmes heute begegnen. Uebrigens hast Du nicht bemerkt, daß ich, seit der Baron hier ist, ganz wie umgewandelt bin?

Iduna (kommt von links hinten durch das Hofthor, bleibt, als sie Diogenes erblickt, einen Augenblick überrascht stehen und schleicht alsdann in die Thüre des Hauses, wo sie stehen bleibt und lauscht).

Rieckchen (bemerkt es, thut aber nichts dergleichen). Aha! Ja, weiß es Gott, es scheint fast, ihr beiden habt die Rollen getauscht!

Diogenes. Das nicht, aber wir ergänzen uns gegenseitig. Sein Umgang ist anregend und während ich ihn zu kuriren vermeinte, heilte er mich.

Rieckchen. Hat Ihnen denn etwas gefehlt?

Diogenes. Ja, Rieckchen, ich war krank. Es waren sieben Gräuel in meinem Herzen —

Rieckchen (in ihres Vaters Manier). Salomonis 26 Komma 25.

Diogenes. Bravo. Und die drei Hauptgräuel waren Hochmuth, Dünkel, Bornirtheit!

Rieckchen. Und Alexander verdanken Sie die Erkenntniß?

Diogenes. Zum Theile, ja! Sieh', Rieckchen, wenn der Mensch so ganz allein auf sich angewiesen ist, dabei aber doch mit der Welt nicht völlig abgeschlossen hat, wird er leicht egoistisch und während er wähnt, sich durch Enthaltsamkeit zu veredeln, geschieht in der Regel gerade das Gegentheil. Je weniger man auf Aeußerlichkeiten hält, je mehr ist man bemüht, sein Inneres aufzuputzen und wer hiebei nicht sehr vorsichtig zu Werke geht, dem kann's passiren, daß er ein Geck wird, gegen den der Derwisch Al Hafi mit seiner eingebildeten Geckerei nur ein kleines Kind ist.

Rieckchen. Worin besteht denn die liebe Ihrige?

Diogenes. Darin, daß ich mir einbildete, der Mensch könne Alles, was er sein nennt, von sich werfen und doch noch zufrieden und glücklich sein.

Rieckchen. Und das war falsch?

Diogenes. Geradezu lächerlich. Ich hatte mich in den Gedanken hineingelebt, es müsse erhaben sein, die Empfindung seines Herzens zu ertödten und seiner Liebe zu entsagen, und das war unnatürlich — so etwas rächt sich stets.

Rieckchen (trocken). Meine Ansicht!

Diogenes. Und wo lag eigentlich die Nothwendigkeit? Es war durchaus keine vorhanden! Aber ich verbiß mich geradezu in den Gedanken, Iduna entsagen zu wollen, freiwillig! Sie neidlos einem andern zu gönnen, ebenfalls freiwillig!! Bis mir vor wenig Tagen Alexander entdeckte, daß er sie selbst liebt, ja angebetet —

Rieckchen (eifersüchtig). Na, na!

Diogenes. Gewiß, er sagt's! — Und siehst Du, Rieckchen, wie ich das vernommen, da fiel der ganze dünkelhafte Hochmuth in mir zusammen und ich erkannte, daß der Mensch wohl Alles, Alles von sich werfen kann, was ihm Gewohnheit lieb und theuer machte, nur — kein Gefühl!

Rieckchen. Nein, das geht nicht!

Diogenes. Es drängt sich durch, es will aus ihm heraus und schluckt er's nieder, so erstickt er d'ran. Wie ich erst hörte, ein Anderer liebe sie, da bäumte sich mein ganzes Wesen auf und als ich gar vernahm, sie sei indessen Deines Onkels Frau geworden, da war mir's, als müsse ich mit dem mir selber aufoktroyirten Heiligenschein das Stroh anzünden, das mich rösten sollte, denn leben könnte ich alsdann nicht mehr!

Rieckchen. Schrecklicher Gedanke: mit einem Heiligenschein das Stroh anzünden!

Diogenes. Aber Thorheit! Onkel und Nichte, das ginge gar nicht an.

Rieckchen. Nach dem neuen Strafgesetzbuche geht's. Und nun, nachdem Sie erkannt, daß Sie verrückt waren, was hatten Sie sich zu thun vorgenommen?

Diogenes. Zunächst nach der Residenz zu fahren und dazu gebrauchte ich — (verschämt) nein, das sage ich nicht — Du lachst mich aus?

Rieckchen. Das thue ich so wie so. Nun, was brauchten Sie?

Diogenes. Einen schwarzen Frack, und den habe ich mir heute anmessen lassen.

Rieckchen. Das wäre nicht nöthig gewesen, mein Papa hätte Ihnen einen geliehen. Was wollen Sie denn in der Residenz?

Diogenes. Vor Iduna hintreten und sie fragen: Liebst Du mich noch und denkst Du noch daran, mein Weib zu werden?

Rieckchen. Und wenn sie nun: Nein, sagt?

Diogenes (verdutzt). An diese Möglichkeit habe ich noch gar nicht gedacht.

Rieckchen. Dann rathe ich Ihnen freundschaftlichst, sich mit dem Gedanken vertraut zu machen. Aber deswegen nach der Residenz zu reisen, wäre Zeit- und Geldverschwendung. Das können Sie billiger haben.

Diogenes. Du meinst, ich solle schreiben?

Rieckchen. Nein, aber abwarten! Sagen Sie einmal: Lieben Sie denn meine Schwester so recht aufrichtig? So, wie man sagt, über die Menschenmöglichkeit?

Diogenes. Ich möchte nicht mehr leben ohne ihre Liebe.

Rieckchen. Na, mehr kann der Mensch nicht verlangen! (Sich plötzlich nach dem Hause umkehrend.) Nun, Iduna, bist Du mit der Erklärung zufrieden?

Diogenes (Iduna erblickend und vor freudiger Erregung fast taumelnd). Gerechter! Das ist ja — —.

Iduna (heraustretend, anmuthig verlegen). Aber Rieckchen — wie kann man — ?

Rieckchen. Na, weißt Du, Iduna, da er sich nun doch schon den Frack bestellt hat, muß man die Sache nicht noch lange hinausschieben. Jetzt rede Du! Ich habe das Meinige gethan, nun thue das Deinige — (pathetisch) auf, daß unser Haus voll werde!

Iduna (Diogenes die Hand entgegenstreckend). Da bin ich wieder, wie ich es versprochen! Mein letztes Wort war: Treue bis zum Grab!

Diogenes. Und das — Iduna — hast Du treu gehalten?

Iduna. Wie ich's versprochen? Du nicht etwa auch?

Diogenes (jubelnd). Iduna! Mädchen! Ach ich bin Deiner gar nicht werth! (Umarmt sie stürmisch.)

Rieckchen. So! Das habe ich gemacht! Ich, die kleine Landpomeranze! Alles für Andere! Nun wird's aber Zeit, daß etwas für mich geschieht!

Siebente Scene.
Vorige. Alexander von hinten links.

Alexander (hereinstürmend, in Joppe und hohen Stiefeln; sein ganzes Wesen ist verändert, von vornehmer Blasirtheit keine Spur mehr übrig. Sein ganzes Aeußere und Benehmen läßt auf urwüchsige gesunde Fröhlichkeit schließen. Ohne die Andern zu sehen, zu Rieckchen). Rieckchen, Rieckchen, bist Du allein?

Rieckchen (auf die Andern zeigend). Seht, seht!

Alexander. Wer ist denn die Dame?

Rieckchen. Iduna!

Alexander. Ich verschwinde. (Will ab.)

Rieckchen. So warte doch nur, ich verschwinde mit.

Alexander. Sind Sie schon einig?

Rieckchen (auf die Gruppe zeigend). Na ich bitte Dich!

Alexander. Ich gönne ihm sein Glück. Ich hab' mein Theil. (Umschlingt sie und läuft mit ihr ab hinten links.)

Achte Scene.
Diogenes. Iduna.

Iduna. So hörst Du endlich auf Dich selbst zu quälen und willst nun wieder in die Welt und unter Menschen gehen?

Diogenes. Ich lege die Entscheidung in Deine Hand. Für beide Fälle bin ich vorgesehen. Ob hier, ob dort, ich sehe meine Welt in Dir nur ganz allein. Laß' mich vereint mit Dir in einer Höhle wohnen und mir erscheint sie wie das schönste Prunkgemach.

Iduna (lächelnd). Indessen ich doch nur die Höhle sehen würde. Du mußt das meiner prosaischen Natur zu Gute halten. Trotzdem — allen Respekt vor der Poesie und damit wir uns recht gemächlich dem Genusse Deiner poetischen Schöpfungen hingeben können, wollen wir vor Allem den materiellen Interessen des Lebens etwas Rechnung tragen. Sei mir darum nicht gram.

Diogenes. Du haſt Deine Carrière aufgegeben?

Iduna. Gänzlich.

Diogenes. Und biſt Du ſicher, daß Dich's nie gereuen wird?

Iduna. Vollkommen. Vor ſechs Jahren äußerteſt Du einmal ſcherzweiſe, ich trüge in meiner Kehle ein Kapital und es ſei Jammerſchade, daß ich's nicht verwerthen könne! — Wie ich alsdann nach der Reſidenz und zur Oper kam, iſt Dir bekannt. — Ich lebte ſehr zurückgezogen und ſparte, ich dachte an meine liebe Heimat, an meinen armen Vater und — an Dich! Das Glück war mir günſtig und als mir vor nicht langer Zeit ein rationeller Arzt erklärte, ich müſſe einige Zeit die Stimme ruhen laſſen, wolle ich ein anſcheinend leichtes Halsübel ſchon im Keime erſticken, war raſch mein Entſchluß gefaßt. Ich quittirte meine Stellung und — bin nun wieder da!

Diogenes (beſorgt). Mein Gott und davon ſchriebſt Du uns gar nichts?

Iduna. Mit Abſicht. Die Beſorgniß hätte Dich am Ende nach der Reſidenz getrieben und das wollte ich aus guten Gründen nicht! — So einfach, wie Du mich einſt kennen lernteſt, ſo einfach ſollteſt Du mich wiederfinden. Meine Bühnenlaufbahn ſei uns in der Erinnerung nichts weiter als ein farbenreicher, aber leichter Traum. So haſt Du mich nun wieder, das anſpruchsloſe, beſcheidene Landmädchen von ehemals und dieſes bringt Dir das einſt verheißene Kapital als ihre Mitgift zu. Verwende es nach Deiner beſſeren Einſicht, wie Du magſt — nur bleibe hier; das iſt die einzige Bitte, die ich an die beſcheidene Mitgift knüpfe.

Diogenes (munter). Iduna, auch ich habe geſpart! Jede Stunde, die ich der freiwillig auferlegten Pflicht eines Arztes abgewinnen konnte, benützte ich, den olympiſchen Grauſchimmel mit Erfolg zu tummeln. Auch mir war das Glück hold und Alles wäre ſchön und gut geweſen, wenn ich nicht mit mir ſelbſt und meinem Herzen in Konflikt gerathen wäre. Und was war die Urſache: Neid, der blaſſe Neid! Die Kritiken über Deine Leiſtungen fanden den Weg bis hinauf in meine Höhle und Deine Triumphe fachten meine Eiferſucht an. Ja, zu ſolch' erbärmlichen Schwächling machte mich die Einſamkeit, daß ich beinahe Deine Untreue herbeigeſehnt hätte, nur um mir ſpäter das kindliche Vergnügen zu gönnen, Dir durch Großmuth zu imponiren. Und was that ich? Ich entſagte nicht nur meiner Liebe, nein, ich ſetzte auch noch Deine zukünftigen Kinder zu meinen Erben ein!

Iduna. Das wollteſt Du thun?

Diogenes. Das hab' ich ſchon gethan! Was ſagſt Du nun?

Iduna (munter lachend). Ich geſtehe, ich bin überraſcht? Auf ſolche Hochherzigkeit war ich nicht vorbereitet. Doch von etwas Anderem. Sage, wie denkſt Du heute über unſeren Berg?

Diogenes. Genau wie ehedem. Und eben ſteht das Grundſtück zum Verkauf.

Iduna. Nun, nahmſt Du's nicht?

Diogenes. Ich wollte Dich erst sprechen. Auch hat es keine Noth. Den Berg mag kaufen, wer da will, wenn uns nur das, was drinnen ist, verbleibt. Und dafür habe ich gesorgt, deswegen war ich heute in der Stadt.

Iduna. Das verstehe ich nicht recht. Wer den Berg kauft, hat doch auch das Recht, den Inhalt auszubeuten!

Diogenes. O weit gefehlt! Was nicht die Pflugschaar streift, gehört dem Staat und der vergibt das Recht zu graben an Jeden, der bezahlt und wer der Erste ist, der malt zuerst.

Iduna. Nun, das Alles überlasse ich Deiner Einsicht ganz allein. — Es war indessen doch die höchste Zeit, daß ich gekommen bin; denn ging der Baron wieder fort, wer weiß, ob nicht bei Dir ein Rückfall eingetreten wäre. Es ist eben nicht gut, daß der Mensch allein sei! So heißt's bei Moses schon im ersten Buch.

Diogenes (scherzend). Der liebe Gott hatte sehr Recht. Bei alledem thut es mir doch um meine Ruine leid. Wie wäre es, Iduna, wenn Du allen irdischen Tand von Dir werfend, Dich entschließen würdest, die reine Himmelsluft genießend, dort oben Deines Gatten glückselige Einsamkeit zu theilen?

Iduna (ebenso). Wäre nicht so übel. Du suchst am Tage Moos und Wurzeln zur Nahrung; davon koche ich, wenn's dunkel ist, eine nahrhafte Suppe, während Du beim flackernden Heerdfeuer mir Deine „Elegie in den Trümmern eines alten Bergschlosses geschrieben" vorliesest und eines schönen Vormittags holt mein kummergebengter Vater seine blaugefrorene Tochter vom kalten Olymp herab in's stille Thal, von wo aus sie tagtäglich mit dem ganzen noch übergebliebenen Schmelz ihrer herrlichen Stimme den verlassenen Gatten mit den schönen Versen grüßt:

> Behüt Dich Gott, es war nicht schön gewesen,
> Behüt Dich Gott, es hätt' nicht sollen sein!

Diogenes (ausgelassen munter). Hurrah! Da haben wir uns ja gefunden! Jetzt bist Du ganz das Mädchen, wie Du warst. So schlimm aber, wie Du Dir das Burgverließ da oben vorstellst, ist's in Wirklichkeit doch nicht. Komme nur morgen hinauf, Du sollst Dich wundern. Gib Acht, Dir thut's noch leid, die Wohnung verschmäht zu haben.

Neunte Scene.
Vorige. Rietchen.

Rietchen (hatte sich kurz vorher von Alexander im offenen Hofthor auf's Herzlichste verabschiedet und steht jetzt hinter den Beiden, mit verstellter tiefer Stimme:) Hahaha!

Diogenes (erschrocken). Wer da?

Iduna (ebenso). Mein Gott, wer ist's?

Rietchen (hellachend). Gut Freund!

Iduna. O geh! Du böses Kind!

Rieckchen (mit dem Finger drohend). Es ist schon spät.

Iduna. Ja, es ist wahr! (Diogenes die Hand reichend). Geh' jetzt!

Diogenes. Doch morgen kommst Du!

Rieckchen. In meiner Begleitung, ja wohl!

Iduna (lächelnd). Ich komme. Gute Nacht.

Diogenes (sie küssend). Du Herzensmädchen, recht, recht gute Nacht! (Rieckchen's beide Hände fassend.) Ach Rieckchen, wüßtest Du, wie mir zu Muthe ist — ich bin so glücklich — da, da hast Du auch etwas von mir! (Küßt sie und läuft dann rasch hinten links ab.) Gute Nacht!

Rieckchen (ruhig). Wie Gott will, ich halte still!

Iduna. Das sollst Du nicht; ich nehme Dir ihn wieder ab. (Küßt sie.) Ach, Rieckchen, gibt es wohl Schöneres auf der Welt, als wahre, treue Liebe?

Rieckchen. Zwischen Schwestern?

Iduna. Ach, Närrchen! Du kennst dergleichen jetzt noch nicht. Doch habe nur Geduld, Du wirst die Seligkeit schon kennen lernen. Nun aber komm' hinein! (Ab in's Haus.)

Rieckchen (komisch trocken, dabei auf Iduna zeigend). Will mir was Neues sagen! Kenne ich doch längst! (Ab in's Haus.)

Zehnte Scene.

Wessely, dann zwei Zollwächter, später Max und Ehrenzweig.
Es ist vollständige Nacht geworden.

Wessely (leicht berauscht durch das Hofthor von rechts). Mein Durst ist gestillt, nicht aber die Rache! Ich konnte den Doktor nicht erwischen; aber ich habe die Gensdarmen auf die fremden Herumtreiber aufmerksam gemacht und dabei das Wort Schmuggel fallen lassen. Die vigiliren nun auf jedes fremde Gesicht. — — Hm, der Wein in unserer Schenke ist das reine Gift, er brennt in der Kehle. Ich muß mir noch einen Trunk frischen Wassers besorgen. — Hoffentlich sind die Mädchen schon zu Bette — es ist nicht nöthig, daß sie ihren Vater im Zustande der Wuth kennen lernen. (Ab in's Haus.)

Zwei Zollwächter (schleichen durch's Hofthor herein.)

Erster Zollwächter. Hier ist ein guter Versteck! Geschwind herein; dort kommt einer der verdächtigen Fremden! (Verstecken sich beide hinter der Breterthüre.)

Max (von rechts hinten). Teufel, die Witterung ist umgeschlagen! Hier kann man auch nur so lange ohne Ueberzieher gehen, als die Sonne scheint. Der Schulmeister hat noch Licht, ich muß nothwendig noch etwas über den Oder wissen. Alexander meint, wenn er nicht früher beim Theater gewesen wäre, sei es der Rechte nicht. Da kommt er!

Wessely (aus dem Hause; er hat Stock und Hut abgelegt und eine weiße Leinenjacke angezogen und eine detto Zipfelmütze auf dem Kopfe; trägt einen Steinkrug und geht auf den Brunnen zu). Der Wein bringt selbst die Eingebornen um; ich brenne inwendig.

Max. Pst, Herr Lehrer!

Wessely. He? Wie so?

Max. Ich bin's. Der Lieutenant. Ich muß Sie noch etwas fragen. Waren Sie früher einmal Schauspieler?

Wessely. Daß Dich das Mäuschen bisse! Ich gebe Ihnen keine Antwort. Ich kenne Sie nicht, will Sie nicht kennen. Lassen Sie mich zufrieden!

Max. Aber so sagen Sie doch einfach Ja oder Nein! Waren Sie schon Schullehrer, als Sie meine Tante kennen lernten?

Wessely. Meine — Deine Tante kenne ich nicht. Will nie mehr eine Tante kennen —!

Max. Nie mehr — also früher kannten Sie sie doch; nun weiß ich schon genug.

Ehrenzweig (war kurz hinter Max in den Hofraum geschlichen und steht jetzt dicht hinter ihm). Aha, doch nicht getäuscht — da ist ja mein guter Freund!

Max (erschrickt heftig und springt hinter Wessely). Millionen Donnerwetter, der Doktor mit dem Wechsel!

Wessely (in großer Erregung beim Anblick Ehrenzweigs). Hat Sie der Satan auch hierhergeführt? Darin erblicke ich des Himmels Fügung! Sie sind des Todes —, ich vernichte Sie! (Umklammert ihn mit beiden Armen.)

Erster Zollwächter (packt Max, der den Moment benützen wollte zu entspringen, am Kragen). Arretirt!

Max. Wie so? Vergreifen Sie sich nicht an mir, Ich bin Seconde-Lieutenant!

Erster Zollwächter. Bei den Schmugglern vielleicht? Marsch, marsch! (Schleppt den sich Sträubenden durch das Hofthor, dann nach rechts ab.)

Ehrenzweig. Verrückter Schullehrer, laß' mich los! (Schüttelt Wessely mit kräftigem Rucke von sich ab, dieser fällt am Rande des Brunnens auf die Erde nieder.)

Zweiter Zollwächter (packt Ehrenzweig). Arretirt!

Ehrenzweig. Wie so? Ich bin der Doktor —

Zweiter Zollwächter. Jawohl Schmuggeldoktor! Nur vorwärts! (Ab mit Ehrenzweig dem Ersten nach.)

Wessely. Den Lieutenant haben sie auch eingesteckt? Recht so! Es ist nicht gut, daß der Mensch allein sei! — Rache ist süß! (Indem er am Wassertroge sich haltend, aufzustehen versucht, fällt der Vorhang.)

Vierter Akt.

Dekoration des zweiten Aktes; die defekten Stellen an den Wänden sind ausgebessert und übermalt. An der Eingangsthüre rechts steht eine Trittleiter, darauf sitzt neben verschiedenen Farbentöpfen Diogenes, der eben mit dem Malen des steinernen Wappens über der Thüre fertig geworden.

Erste Scene.

Diogenes. Alexander.

Alexander (geht, die Hände in die Hosentaschen versenkt, im Kostüm des vorigen Aktes auf und nieder). Also das Geschäft mit dem Nickel machen wir in Kompagnie. Abgemacht! Erst aber wollen wir Papa's Codicill hören, vielleicht können wir die Sache ohne Heranziehung fremder Kapitalien betreiben. Aber höre, Junge, ich muß Dir noch nachträglich mein Kompliment machen. Ich habe Deine Gedichte und Schriften zum großen Theile durchgelesen. Was Du in den paar Jahren schon zusammengeschriftstellert hast, ist kaum zu glauben! — Wo in aller Welt hast Du in Deiner Einsamkeit nur den Stoff hergenommen?

Diogenes. Ich habe eine überaus lebhafte Phantasie.

Alexander. Ja, das muß wahr sein. Höre, kommt da nicht Jemand?

Diogenes. Gottlieb vielleicht.

Alexander. Nein, das klingt nach Sporen.

Zweite Scene.

Vorige. Erster Zollwächter.

Erster Zollwächter (in der Thüre rechts, stehen bleibend). He, ist hier Niemand?

Diogenes (hinuntersehend). Wer wird gesucht?

Erster Zollwächter (die Aufschrift eines Briefes lesend, den er in der Hand hält). Baron Alexander von Dittersbach.

Diogenes. Bitte einzutreten!

Alexander. Zu mir wollen Sie?

Erster Zollwächter. Wenn Sie der Herr Baron sind, dann ist der Brief für Sie. Wir arretirten in vergangener Nacht zwei Fremde,

5

die allem Anscheine nach zu der Schmuggelbande gehören, welche seit vierzehn Tagen hier ihr Wesen treibt. Beide berufen sich indessen auf Sie. Im Falle Sie nun dieselben als Ihre Bekannten rekognosciren, lassen wir sie frei; andernfalls werden Sie nach der Kreisstadt transportirt.

Alexander. Lassen Sie sehen. (Nimmt den Brief und erbricht ihn.) Von meinem Vetter Max. (Liest.) „Lieber Cousin! Thue mir den einzigen Gefallen und befreie mich aus dem entsetzlichen Keller, in den man mich und den Doktor Ehrenzweig völkerrechtswidrig eingesperrt hat. Ich habe nicht einmal einen Ueberzieher mit und friere wie ein Schneider. Dein Max. Notabene. Es unterliegt keinem Zweifel, daß der Schullehrer des Ortes der bewußte Odur ist, nach dem die Tante seufzt. Kurz nach Entdeckung dieser wichtigen Thatsache wurde ich eingesperrt." (Hell auf= lachend). Den Lieutenant habt Ihr mit dem Doktor zusammengesperrt? Ah, das ist ja reizend. Wie kamt ihr dazu?

Zollwächter. Die Herren benahmen sich äußerst auffällig; schlichen spät in der Nacht noch im Dorfe herum und da sie Niemand kannte, der Schulmeister aber den gleichen Verdacht hegte, hielten wir sie für Schmuggler. Also der gnädige Herr stehen für Beide gut?

Alexander. Ja, ja, laßt sie nur heraus.

Zollwächter. Schön. — Guten Morgen, meine Herren. (Ab, wo er kam.)

Dritte Scene.

Alexander. Diogenes.

Alexander. Das ist ja zum Todtlachen. Max mit seinem Todfeinde zusammen eingesperrt.

Diogenes. Was schrieb er da von einem Odur?

Alexander. Er meint, der Lehrer sei mit einem gewissen Odur, dem ehemaligen Verlobten meiner Tante, identisch.

Diogenes. Odur? So heiße ich ja!

Alexander. Mein Gott, ja! Von Dir hatte ich den Namen gehört. Ich konnte mich im Augenblicke nicht besinnen! Sollte wirklich etwas Wahres an der Sache sein? Aber meine zarte Tante und der dicke Schullehrer —!

Vierte Scene.

Vorige. Rietchen.

Rietchen (durch den Eingang rechts). Guten Morgen, Diogenes! Ei, wie sieht das hier verändert aus.

Alexander (vergnügt). Guten Morgen, Jungfer Rietchen! Na, gut geschlafen? Was gibt's denn Neues? (umarmt und küßt sie geschwinde).

Rietchen (drückt ihm verstohlen die Hand). Aber Diogenes, ist denn das Alles Ihr Werk?

Diogenes. Großen Theils wenigstens. Gottlieb und ich, wir arbeiteten die ganze Nacht.

Rieckchen. Und Alles das, um Iduna weiß zu machen, es wäre immer so gewesen?

Diogenes (lachend). Das nicht allein! Es kommt Besuch herauf, Testamentseröffnung und dergleichen.

Rieckchen. Ach Gott, da hätte ich beinahe vergessen, weswegen ich eigentlich da bin. Ist Ihr Wappen fertig?

Diogenes. Noch einige Pinselstriche —.

Rieckchen. Die können Sie nachher anbringen. Kommen Sie herunter. Ich gehe gleich wieder fort. Iduna erwartet mich auf halbem Wege.

Diogenes. Iduna? Warum sagst Du das erst jetzt? Ich eile ihr entgegen. (Kommt schnell herab).

Rieckchen. Nein, nein, wir Mädchen haben noch was Anderes vor. Sie läßt einstweilen grüßen. Papa hat gestern Abends Malheur gehabt und sich außer einer Beule am Kopfe einen furchtbaren Schnupfen zugezogen. Er mag mit Niemandem sprechen und bittet Sie deshalb, lieber Diogenes, den Brief hier an seine Adresse zu bestellen.

Diogenes (liest die Aufschrift). „Ihrer Hochwohlgeboren, Freiin Aurora von Dittersbach." Ist das nicht Deine Tante, Alexander?

Alexander. Allerdings. Was hat der Lehrer für Veranlassung, an meine Tante zu schreiben? (Zu Rieckchen, leise.) Betrifft es vielleicht unsere Liebe?

Rieckchen (leise). Keine Idee!

Diogenes. Warum soll ich denn gerade den Brief abgeben? Ich kenne ja die Dame gar nicht. Alexander ist wohl so freundlich —

Rieckchen. Nein, das geht nicht. Der Brief ist von größter Wichtigkeit; mein Vater hat mir auf die Seele gebunden nur Ihnen denselben in die Hand zu geben, mit dem weiteren Ersuchen an Sie, ihn der Dame persönlich zu überreichen und wenn möglich ohne Zeugen.

Diogenes. Das ist aber doch wirklich sonderbar.

Alexander (eilt plötzlich auf Diogenes zu, führt ihn etwas zur Seite und flüstert ihm rasch zu). Freund, welch ein Gedanke! Max hatte Recht! Der Schullehrer ist wirklich jener Odur und außerdem fällt mir noch ein: der Testamentsexekutor, den Keiner von uns Allen kennt, heißt Wessely — Nepomuk Wessely. Ob das am Ende auch der Schullehrer ist?

Diogenes. Warte. (Laut.) Rieckchen! Wie heißt eigentlich Dein Vater mit seinem vollen Namen?

Rieckchen. Wenzel — Odur — Wessely.

Alexander (schreit). Odur? (Leise). Da haben wir's. Kein Zweifel mehr!

Diogenes. Heißt er nicht vielleicht auch Nepomuk.

Rieckchen. Nein, so heißt sein Bruder.

Diogenes. Dein Onkel, der Professor?

5*

Riekchen. Oui!

Alexander. Doch nicht derselbe, bei dem Jduna in der Residenz —?

Riekchen. Derselbe.

Alexander. Der hieß doch aber Lustig.

Riekchen. Incognito. Wessely heißt auf deutsch Lustig. Mein Onkel hieß als Opernsänger auch noch anders; er sowohl wie seine Schwester führten den Künstlernamen Odur!

Alexander (sehr erregt zu Diogenes). Welche Entdeckung! Freund erräthst Du nichts?

Diogenes. Nein! Ich wundere mich nur, daß es wirklich Menschen gab, die diesen Namen führten. Ich glaubte, die Franzosen hätten ihn mir nur scherzweise zugelegt.

Alexander. Dieser Umstand leitet uns auf die Spur Deiner Eltern.

Diogenes. Du meinst —?

Alexander. Daß einer der beiden Odure Dein Vater sein dürfte!

Diogenes (abweisend). Ah!

Alexander. Gewiß! Ich bitte Dich, fasse einmal die Judicien zusammen. Der Brief in Deiner Hand, von einem der Odure geschrieben, an meine Tante adressirt, die vor circa 28 Jahren ihren kleinen Roman mit einem Odur hatte! (Noch leiser.) Wenn nun einer der beiden Brüder Dein Vater wäre, so liegt die Wahrscheinlichkeit nahe, daß meine Tante Deine Mutter ist. Welcher ist aber der r i c h t i g e Odur? Wenn's der Schulmeister wäre?

Diogenes. Das wäre entsetzlich! Dann wäre ja Jduna meine Schwester!

Alexander. Sapperlot, das wäre unangenehm. Nein, das geht nicht! Dann nehmen wir den Onkel, das ist auch wahrscheinlicher.

Diogenes (vor Riekchen hintretend). Riekchen, hat Dein Vater diesen Brief geschrieben?

Riekchen (die sich bisher an dem Erstaunen der Beiden weidete). Sie kennen ja seine Handschrift. Ist sie das?

Diogenes (die Adresse betrachtend, froh). Gott sei Dank, nein! Wer hat den Brief geschrieben?

Riekchen. Weiß ich's! Ich habe nur gesehen, daß mein Onkel ihn dem Vater übergab.

Diogenes. Dein Onkel? War der hier? (Rasch zu Alexander.) Dann ist der Onkel mein Vater.

Alexander. Ohne Zweifel; damals hieß er Odur und ließ Dich unter diesem Namen in die Geburtsregister eintragen.

Diogenes. Dann war auch er es, der mich von der Normandie nach Deutschland brachte.

Alexander. Und auch derselbe, der meinen Vater bewog seinem Testamente einen Nachtrag anzuhängen. Herr Gott, wenn er Dir, als seinem

Neffen ein Legat vermacht hätte, dann könnten wir gleich morgen in den Nickelberg einschlagen.

Diogenes. Ich will Jduna sprechen, vielleicht daß sie Näheres von ihrem Onkel weiß.

Alexander. Nein, nein, das lasse mich besorgen. Gehe Du zur Tante hinab, sie muß jeden Moment ankommen und übergib ihr den Brief. Vielleicht hältst Du den ganzen Aufschluß schon in Deiner Hand. — Ich gehe zu Jduna, es scheint mir die höchste Zeit, mich bei ihr zu melden. (halblaut.) Meinst Du nicht auch Riekchen?

Riekchen. Gewiß; auch fände ich es ganz in der Ordnung ihr zugleich die Absichten mitzutheilen, die Sie in Bezug auf meine Person hegen.

Alexander. Ist das nicht noch etwas zu früh! Jduna kennt mich leider nicht von der vortheilhaftesten Seite. Ich habe Dir ja eingestanden, daß ich vor kaum drei Wochen erst um ihre Hand anhielt. Was soll sie von mir denken?

Riekchen. Das ist mir ganz gleichgiltig. Durch ein unverholenes Geständniß bethätigen Sie am ehesten, daß eine vollständige Wandlung in Ihnen vorgegangen; daß Ihre Gesinnung jetzt fest wie Eisen sei.

Alexander. Ja, liebes Riekchen, ich bin ja gerne dabei; aber weil der Entschluß gar so rasch gekommen —

Riekchen. Rascher Entschluß, guter Entschluß!

Alexander. Und meine Tante —?

Riekchen. Deine Tante — meine Tante!

Alexander. Ob sie keine Einwendung macht wegen des Adels?

Riekchen. Wie so? Der Adel wird ja fortgepflanzt! Und ist denn etwa mein Onkel vom Adel? Sie war ihm doch verlobt und kam auch damals die Heirat nicht zu Stande —, wer weiß, was jetzt noch geschieht!

Alexander. Aha! Hörst Du's, Diogenes! Da ist es ja heraus!

Diogenes (erstaunt; zu Riekchen). Du weißt das Alles? Wußte es auch Jduna?

Riekchen. Ist mir nicht bekannt. Aber ich weiß, daß Papa gestern aus den Mittheilungen seines Bruders den Schluß gezogen —, ihr dürft mich aber nicht verrathen —!

Alexander. Kein Gedanke!

Diogenes. Sprich nur, sprich!

Riekchen. Nun, daß Diogenes wahrscheinlich mein Cousin sei!

Diogenes. Und auch Jdunen's?

Riekchen. Selbstverständlich, doch das schadet weiter nicht. Die Ehe unter Geschwisterkindern ist erlaubt; ich habe schon Erkundigungen deswegen eingezogen. (Zu Alexander.) Darf ich bitten mich dem gemeinschaftlichen Cousin als zukünftige Baronin vorzustellen?

Alexander. Sehr gerne! Lieber Freund, höchstwahrscheinlicher Vetter und zukünftiger Schwager, ich stelle Dir hier meine Braut vor und bitte um Deinen schönsten Segen.

Diogenes. Wie? Ich hoffe Du treibst keinen Scherz!

Alexander. Sprich kein Wort weiter! In vier Wochen spätestens ist sie meine Frau. Ich bin ein Anderer wie vor vierzehn Tagen; Du warst mein Arzt und hast mich recht geschickt kurirt, doch Rieschen hat Dir dabei trefflich assistirt. Aber jetzt zu Iduna um ihr in der Geschwindigkeit Alles zu erzählen. Freund, Du bekommst ein Weib wie — außer meinem Rieschen natürlich — keines mehr auf der Welt existirt und wie mein großer Namensvetter, der Macedonier, einst gesagt, so spreche auch ich: Wenn ich nicht Alexander wäre, wahrhaftig ich möchte Diogenes sein! (Nimmt Rieschen in den Arm und läuft mit ihr Seite rechts ab.)

Fünfte Scene.

Diogenes allein.

Diogenes. Könnte es möglich sein? Nach 28 Jahren sollte mir plötzlich ein Elternpaar vom Himmel fallen? Darf ich mich darüber freuen? Nein! Es läßt mich gleichgiltig! Entpuppt sich mein bisheriger unbekannter Wohlthäter als mein Vater, so entfällt diesem gegenüber jedes Gefühl der Dankbarkeit, das ich für jenen in so reichem Maße nährte. Konnte er sich nicht entschließen, mir einmal nur das Vaterherz zu öffnen, so waren die mir erwiesenen Wohlthaten nichts weiter, als die Konsequenzen peinigenden Pflichtgefühls, unter dem Druck moralischen Zwanges ausgeübt — ohne Neigung — ohne Liebe! Und meine Mutter? Muß ich nicht ihr Dasein ignoriren, wie sie es mit dem meinigen gethan? Durfte sie dulden, daß ich einem Loose anheimfiel, welchem unter den Augen des Gesetzes alljährlich Tausende solch' armer Geschöpfe systematisch überliefert werden? (Kleine Pause.) Ach, fort mit dem Gedanken. Wer weiß, ob etwas von dem Allen wahr! Ich will mir meine glückliche Stimmung nicht verkümmern lassen. Wozu brauche ich auch Eltern? Iduna füllt mein Herz in allen Winkeln aus, ich habe gar nicht Platz für Andere darin übrig. (Betrachtet das Wappen.) Lust habe ich zwar keine mehr, daran zu malen, aber der Mensch soll Nichts halb thun. Also noch einmal hinauf! (Steigt auf die Leiter und malt an dem Wappen).

Sechste Scene.

Diogenes. Aurora v. Engelhard geleitet, tritt durch die Thüre im Hintergrund ein.

Engelhard. Wir sind zur Stelle, gnädiges Fräulein.

Aurora. Das ist also das vielgenannte Schloß Schreckenstein? So verfallen habe ich es mir nicht vorgestellt. Ach lieber Gott, nun hat der arme Junge nicht einmal eine anständige Wohnung. Aber wo ist er? Wissen Sie gewiß, daß er heraufgegangen?

Engelhard. Ich hatte den Auftrag, ihn hier abzuholen, sobald die Gnädige angekommen sein würde.

Aurora. Nun, ich ging gleich selbst mit; der Gerichtskommissär kommt ebenfalls herauf. — Fragen Sie doch einmal den Anstreicher dort, ob er meinen Neffen nicht gesehen.

Engelhard. Das ist kein Anstreicher; das ist der Herr Diogenes, der seit sechs Jahren in der Ruine wohnt.

Aurora (sehr erstaunt). Ein moderner Diogenes? Mein Gott, am Ende kann er Frauen nicht leiden und wird ungezogen?

Engelhard. Das haben die Gnädige keinesfalls zu befürchten. Guten Morgen, Herr Diogenes.

Diogenes (ohne sich umzukehren). Ah, der Verwalter? Guten Morgen, Engelhard. Wollen Sie etwas von mir?

Engelhard. Nur Antwort auf die Frage: ob Sie den Herrn Baron heute schon gesehen?

Diogenes. Im Augenblick erst ging er von hier weg. Auf dem Wege nach dem Schulhause dürfte er zu finden sein.

Engelhard. Belieben das gnädige Fräulein sich nur ein paar Minuten zu gedulden; ich hole ihn sogleich.

Aurora (etwas ängstlich). Aber ganz allein hier, bei dem unheimlichen Menschen —?

Engelhard (sie beruhigend). Es geschieht Ihnen nichts. Herr Diogenes, ich gehe den Herrn Baron aufzusuchen und stelle so lange diese Dame hier, die Tante des gnädigen Herrn, unter Ihren Schutz.

Diogenes (mit einem Schwung herumfahrend). Wen?

Engelhard. Hier die Freiin Aurora von Dittersbach. Ich komme gleich zurück. (Ab Seite rechts.)

Siebente Scene.

Aurora. Diogenes. Gottlieb und 2 Knechte treten von rückwärts ein und tragen einen Tisch, auch 4—6 Stühle, die sie in der Mitte der Bühne niedersetzen.

Aurora (ängstlich). Wie er mich anstarrt! Aber es ist ein schöner Mann! Er hat etwas Aehnlichkeit mit Alexander. Will er denn da oben sitzen bleiben?

Gottlieb (setzt Aurora einen Stuhl hin).

Aurora. Ich danke schön. (Beide sitzen sich gegenüber und sehen stumm einander an). Er spricht noch immer nicht; ich werde doch lieber in's Freie gehen.

Diogenes (vor sich hin). Das wäre also möglicherweise meine Mutter!

Gottlieb. Herr Diogenes gebrauchen Sie die Leiter noch?

Diogenes. Nein, nur hinaus damit! (Springt herab.)

Gottlieb (zu den Knechten). Faßt an! (Tragen die Leiter zur Seite rechts hinaus.)

Achte Scene.

Aurora. Diogenes.

Diogenes (für sich). Ein mildes Auge, freundliches Gesicht! Das schüchterne Wesen — nein, das ist keine Mutter, die ihr Kind verstößt! Weg mit dem Gedanken! Es ist Alexanders Tante, die er zärtlich liebt und dieser will ich die Honneurs des Hauses machen. Vor allen Dingen ein freundliches Gesicht zeigen. (Tritt mit verbindlichem Lächeln vor sie hin.) Gnädiges Fräulein, ich bin dem Zufall dankbar, welcher mir verstattet, die geliebte und verehrte Tante meines Freundes Alexander in diesen Mauern willkommen zu heißen.

Aurora. Danke sehr, mein Herr. Sie nennen meinen Neffen Ihren Freund? Darf ich vielleicht den Namen Dessen wissen, der mir so freundlichen Willkomm bietet?

Diogenes (für sich). Nur nicht mit der Thür in's Haus fallen. (Laut.) Man nennt mich Diogenes! (Sich umsehend.) Sie waren so freundlich, gleich die Möbel mitzubringen?

Aurora. Der Verwalter hielt es für gut — ich wußte ja nicht —

Diogenes. Sehr klug von dem Verwalter. Für Damenbesuche bin ich allerdings nicht vorgesehen und da ich nächstens auszuziehen gedenke, lohnte es wohl kaum noch der Mühe, mich einzurichten.

Aurora. Sie haben lange Zeit hier oben zugebracht?

Diogenes. Sechs Jahre beherbergte mich dieser Trümmerhaufe.

Aurora. Ich will nicht hoffen, daß mein Neffe es ist, der Sie aus einem Ihnen vielleicht lieb gewordenen Heim verjagt?

Diogenes. Direkt gewiß nicht, aber indirekt. Es ist einmal nicht gut, daß der Mensch allein sei; er kommt gar leicht auf absonderliche Ideen. In Ihrem Neffen erkannte ich ein Stück meines eigenen Selbst! Die Lust am Leben war uns Beiden hingeschwunden; er hatte zu viel, ich zu wenig genossen. Wir wogen Mängel und Vorzüge gegen einander ab. Der innigen Freundschaft, die uns umschlang, gesellte sich alsbald das Hochgefühl hinzu, das eine Menschenseele zu läutern, zu erheben vermag. Das Bischen Gottheit nämlich, das vom Ursprung aller Dinge bis zum heutigen Tag des Menschen unveränßerliches Eigenthum verblieb.

Aurora. Ich bin auf's Angenehmste überrascht. Hat Alexander sich so rasch verändert? Was aber verstehen Sie unter der Gottheit, die Ihre Freundschaft weihte?

Diogenes. O die kennen Sie gewiß: Die Engel, sie nennen es Himmelsfreud'; die Teufel, sie nennen es Höllenleid; die Menschen, sie nennen es Liebe!

Aurora. Ach, Alexander liebte leider nur zu oft!

Diogenes. Diesmal aber liebt er ernst und wahr und wird Sie heute noch um Ihren Segen bitten.

Aurora (beglückt). O, eine gute Frau — ich glaube es wohl — wäre im Stande, aus ihm einen Gott wohlgefälligen Menschen zu machen. Es ist wunderbar, wie Sie ihm ähnlich sehen. Dasselbe Auge und dieselbe Stirne. Doch mehr noch sehen Sie meinem Bruder, seinem Vater ähnlich, wie dieser so in Ihrem Alter war.

Diogenes (für sich). Schon ein dritter Vater in Aussicht! — Die gute Dame ist so empfindungsreich — nein, meine Mutter ist das sicher nicht!

Aurora. Sie sind so nachdenklich. Hat Sie ein Wort von mir verletzt?

Diogenes. O, keineswegs. Ich dachte nur soeben nach, wie es doch Schade sei, daß gerade jetzt, wo Alexander mit seinem früheren Leben gänzlich abgeschlossen, auch gerade die Katastrophe über ihn hereinbrechen mußte, die ihn aus einem Millionär zum einfachen Grundbesitzer machte. (Durch das Fenster im Fond zeigend.) Sehen Sie dort jenen kahlen Berg? So unscheinbar sich auch sein Aeußeres präsentirt, das Innere ist mit edlen Metallen angefüllt. Ein reiches Lager von Nickelerz birgt er in sich; an manchen Stellen tritt es klar zu Tage. Ein großer Schatz liegt unbenützt vergraben. Der Berg steht gegenwärtig zum Verkauf —

Aurora. Ja, ja, ich weiß es schon. Mein Neffe Max erbte ihn kürzlich erst von seinem Schwiegervater.

Diogenes (erstaunt, rasch). Ihr Neffe, der berühmte Schuldenmacher? Ach, verzeihen Sie, das fuhr mir so heraus.

Aurora (lachend). Es schadet nichts. Ja, ja, derselbe. Das ist für ihn ein horrendes Glück, so kann er ja mit Hilfe dieses Schatzes seine Schulden tilgen.

Diogenes (für sich). Sogar für diesen leichtsinnigen Menschen hat sie Mitgefühl und hätte keines für ihr eigenes Kind! — Das ist meine Mutter nicht!

Aurora (ihm starr in's Gesicht sehend). Ach, sagen Sie mir Herr, wie darf ich Sie nennen —?

Diogenes. Nur immerhin Diogenes. Man nannte mich früher zwar anders — aber (für sich.) Jetzt werde ich's riskiren!

Aurora. Nun, wie nannte man Sie sonst?

Diogenes. Einen eigentlichen Familiennamen besitze ich nicht, ich bin ein Findelkind, geboren zu Paris vor 28 Jahren — (beobachtet Aurora scharf.)

Aurora (unbefangen). Oh!

Diogenes. Erzogen von einer Bäuerin in einem Dorfe der Normandie, allwo ich schon im vierten Jahre starb.

Aurora (erschrocken). Wie?!

Diogenes (für sich). Sie erschrickt! — Es kann doch meine Mutter sein! (Laut.) Man legte mir den Namen Hermann Odur bei —

Aurora (aufspringend, sehr erregt). Gerechter Gott, wär's möglich? (Für sich.) Meines Bruders Sohn! Doch nein! Der Name Odur erinnert mich an ihn! Der Doktor schickte mir gestern Abend noch wenige Zeilen, in denen er mir kurz anzeigte, er habe Odur aufgefunden, er lebe hier im Orte und habe starke Familie! Dann wäre dies wohl gar sein Sohn? (Laut.) Es lebt ein Odur hier im Dorfe; sind Sie verwandt mit diesem?

Diogenes (fein). Das eben — möchte ich von Ihnen wissen.

Aurora. Von mir? — Wie sollte ich —.

Diogenes (entschlossen). Verehrte Dame — gestatten Sie mir eine kühne Frage und beantworten Sie mir dieselbe — ich bitte Sie hoch und höchst — offen und wahr. Stand Ihrem Herzen nicht ein Odur nahe?

Aurora. Gewiß. Ich leugne es nicht; ich war ihm anverlobt und bis gestern noch betrachtete ich mich stillschweigend als seine Braut. Mein Bruder hatte einst gewaltsam unseren Herzensbund zerrissen, doch meine Treue lebte still im Herzen fort. Nun aber, da ich erfahren, daß er längst vermählt ist — und auch — Familie hat —.

Diogenes (leise). Der Onkel ist nicht verheiratet; die Chancen des Schulmeisters steigen wieder. (Sieht zufällig durch den Eingang rechts). Herr Gott!

Aurora (erschreckt). Was haben Sie?

Diogenes. Ein Gottes Urtheil! — Nun wird sich's zeigen. Es naht sich Odur! Der Geliebte kommt!

Aurora. Um Gotteswillen, nein! Jetzt nicht. Ich gehe fort, ich bin zu tief erschüttert.

Diogenes (für sich). Sie fürchtet seinen Anblick? — Das ist meine Mutter! (Laut und komisch pathetisch.) In seinem Beisein will ich eine Frage an Sie richten und Gott erleuchte Sie, die Wahrheit zu gestehen.

Aurora (in den Stuhl sinkend und das Gesicht in den Händen verbergend). Nein, nein, das ist zu viel!

Neunte Scene.

Vorige. Wessely durch den Eingang rechts, er hat ein Tuch um den Kopf gebunden und spricht sehr verschnupft.

Diogenes (ihm rasch entgegengehend und ihn bei der Hand fassend; zieht ihn nach der Mitte der Bühne). Hierher, Sie sollen uns Beiden Rede stehen. Können Sie der Dame hier in's Auge sehen?

Wessely. So lange sie die Hand darüber hält, ist's nicht möglich!

Diogenes. Was war Ihnen diese Frau? Bei Ihrem Seelenheile, sprechen Sie die Wahrheit!

Wessely (sehr ärgerlich). Ich kenne keine Frauenzimmer außer meinen Töchtern.

Aurora (sich abwendend). O Gott, er hat auch Töchter!

Diogenes (ihn bei der Hand fassend, und zwar leise aber scharf accentuirt sprechend). Kennen Sie meinen Vater?

Wessely. Seit fünfzig Jahren!

Diogenes (rasch.) Und meine Mutter?

Wessely. Hab' nicht die Ehre!

Diogenes. Und denken Sie nicht mehr Ihrer Jugendliebe?

Wessely. Manchmal, wenn ich sonst nichts zu thun habe.

Diogenes. Noch einmal: Wer war meine Mutter? Sprechen Sie es aus!

Wessely. Ja, wenn es die hier anwesende Dame nicht ist, dann weiß ich's auch nicht!

Aurora (aufspringend, in hoher Entrüstung). Sie Unverschämter! Wo ist Alexander, daß er mich vor Beleidigungen schütze!

Diogenes. Meine Gnädige — ich bitte — nur noch ein einziges Wort. Ist dies der Odur, den Sie einstmals liebten?

Aurora. Dieser? (Blickt in Wessely's Gesicht und bricht plötzlich in heiteres Lachen aus. Ach nein! Eine solche Metamorphose durch die Zeit streifte doch zu sehr an's Wunderbare. Auch nicht ein Zug von jenem Odur.

Diogenes (in das überaus komische Gesicht Wessely's blickend, dann ebenfalls in Lachen ausbrechend). Nein, wahrlich nein! (Fein zu Aurora.) Ich bitte tausend Mal um Verzeihung, Baronesse, aber so sehr es mich freut, daß dieser, mein alter, geprüfter Freund n i c h t mein Vater ist, so sehr beklage ich es, eine so überaus liebenswerthe Dame nicht mit einem innigeren Namen begrüßen zu dürfen.

Aurora (liebenswürdig). Es ist schon besser so! Wir stehen uns trotzdem nahe genug; ich glaube wenigstens nicht zu irren, wenn ich auch den Zusammenhang noch nicht begreife. — Doch wer ist dieser Herr?

Diogenes. Der Schullehrer des Ortes, Herr Odur Wenzel Wessely.

Aurora (nachdenkend). Der Name Wessely ist mir nicht fremd.

Diogenes. Alexanders künftiger Schwiegervater. (Auf eine Bewegung Aurora's.) Erschrecken Sie nicht, die Tochter sieht ihm nicht ähnlich. Er sieht auch sonst nicht so gefährlich aus. (Zu Wessely.) Was fehlt Ihnen denn Papa? Sie haben starken Schnupfen?

Wessely. Ja und Kopfweh. — Haben Sie meinen Brief schon abgegeben?

Diogenes. Welchen Brief?

Wessely. Na, Sie sind mir auch der Wahre! Den Ihnen Rieschen brachte; den Brief meines Bruders an das gnädige Fräulein.

Diogenes. O, den vergaß ich ganz. (Zieht den Brief aus der Tasche.)

Wessely (ihm denselben abnehmend und Aurora überreichend). Von meinem Bruder Muck dieser Brief.

Aurora. An mich von Ihrem Bruder?

Wessely. Vom richtigen Odur.

Aurora. Ah! (Erbricht den Brief.)

Wessely. Ja, er beauftragte mich Ihnen denselben zu überreichen, falls er vor zehn Uhr nicht zurück sein sollte. Er fuhr Ihnen nach der Bahnstation entgegen, scheint aber an Ihnen vorbeigefahren zu sein.

Aurora (hocherfreut). Er fuhr mir entgegen? Ist es möglich! Ach, ich bitte mich einen Augenblick zu entschuldigen, ich durchfliege nur rasch den Brief. (Liest.)

Diogenes (Wessely nach Seite rechts ziehend). Papa, hören Sie —

Wessely. Nennen Sie mich nicht immer Papa; Sie hören ja, daß mich die Dame nicht dafür erkennt.

Diogenes. Nun aber allen Ernstes: wer ist mein Vater?

Wessely. Beschwören kann ich's nicht, aber ich glaube mein Bruder.

Diogenes. Also wirklich! Nun und meine Mutter?

Wessely (mit dem Daumen über die Schulter auf Aurora zeigend). Da.

Diogenes. Sie sagt doch aber nein!

Wessely. Mädchenhafte Schüchternheit!

Diogenes. Ich werde noch verrückt. Wo ist denn jetzt Ihr Bruder?

Wessely. Unterwegs.' (Durch den Ausgang rechts blickend.) Nein, dort! das ist er, der eben mit Iduna heraufkommt!

Diogenes (hinaus blickend). Wie? Jener Herr? Und mit Iduna? Das ist ein gutes Omen! In Idunas Gegenwart will ich die Wahrheit hören, in ihrer Nähe wird sie mir minder schmerzlich sein! (Eilt Seite rechts ab.)

Aurora. Es ist so wie ich dachte! Meines Bruders Sohn, den man für todt ausgegeben ist dieser junge Mann. Ja, ja, die Aehnlichkeit war auch zu groß! Und dieser Ehrenzweig! Pfui, pfui, welch ein Charakter! Aus Habsucht, Geldgier — o, o, welch ein Mensch! Und mein Bruder ließ sich derart von ihm leiten, daß er des Kindes eheliche Geburt verleugnend ihm seines Vaters Namen vorenthielt. Man soll von Todten nur das Beste reden — und hoffentlich hat er seinen Fehler in seinem letzten Testamente wieder gut gemacht. — Wo ist der junge Mann? mein lieber Neffe?

Wessely (verdutzt). Ihr Neffe?

Aurora. Gewiß und auch der Ihrige!

Wessely (noch mehr verblüfft). Wie so der Mirige?

Aurora. Sie wissen auch von nichts? Man that nicht gut daran es zu verheimlichen. Hätte mein Bruder noch bei Lebzeiten seinen Sohn umarmen können, es wäre uns Allen viel Kummer erspart geblieben.

Wessely. Wie — wo — Seine Hochwohlgeboren — Diogenes —?

Aurora. Ist meines Bruders — Ihrer Schwester Sohn!

Wessely. Was? Meine Schwester starb in Paris.

Aurora. Nachdem sie meinem Bruder, dem sie heimlich angetraut war, einen Sohn geschenkt. (Sieht durch den Eingang rechts.) Dort steht er neben seinem Bruder Alexander. Ach! wie frisch, wie blühend sieht der liebe Junge aus. Wie wird er staunen, wenn er hört, daß der geliebte Freund sein Bruder ist. Ich muß es ihm nur rasch verkünden.

Wessely (sie aufhaltend). Verehrteste, ich habe so entsetzlichen Schnupfen, ich habe, wie man zu sagen pflegt — ein Brett vor'm Kopfe. Klären Sie mich doch nur ein wenig auf, wie —

Aurora. Nun, keinenfalls blieb Ihnen unbekannt, daß ich um Ihres Bruders willen, dem Vaterhause einst entflohen war und bei Ihrer Schwester Aufnahme fand. Bald wurde ich aber entdeckt und mein Bruder brachte mich gewaltsam fort. Bei dieser Gelegenheit lernte er Ihre Schwester kennen, zu welcher er alsbald eine innige Neigung faßte. In Paris, wohin er sie entführte, vermälten sie sich heimlich, doch starb sie kurze Zeit nachher in Folge der Geburt eines Knaben. Auf den Rath Ehren= zweigs wurde das Kind einer Bäuerin in einem Dorfe der Normandie übergeben. Mein Bruder selbst kümmerte sich leider niemals um sein Kind. Dem Doktor, wurde es somit nicht schwer, als sich bald darauf mein Bruder mit der Tochter eines adelstolzen Hauses vermälen sollte, welcher das Kind der Bürgerlichen um des Erbes willen im Wege war — demselben die Einwilligung abzunöthigen, den Knaben scheinbar wenigstens aus der Welt zu schaffen. Der Zufall kam ihm dabei zu Hilfe. Das Kind der Bäuerin war gerade gestorben und wurde als dasjenige der Sängerin Odur zur Erde bestattet. Ihr Bruder aber entdeckte später den Betrug und übergab die Angelegenheit den Gerichten. Der gute, brave Odur rächte sich edel an Demjenigen, der ihm sein Lebensglück vernichtet hatte. Er verheimlichte der Familie die Existenz des Knaben und bestritt dessen Erziehung aus eigenen Mitteln. Kurz vor meines Bruders Tode entdeckte er ihm Alles und versöhnte sich am Sterbebette mit ihm. Im letzten Augenblicke noch änderte der Baron sein Testament. Ich muß hinaus. Ich will die Erste sein, die sie einander in die Bruderarme führt. (Eilt rechts ab.)

Zehnte Scene.

Wessely, gleich darauf Ehrenzweig, Max und ein Gerichts=Kommissär.

Wessely. Meiner Schwester Sohn — Diogenes! So, nun weiß ich's! Das hätte ich nun und nimmer geglaubt! Nun, ich kann's nicht ändern. (Niest dreimal hintereinander.) Ich habe es dreimal beniest, es ist wahr! — (durch den Eingang rechts blickend.) Dort umarmt sich Alles und mein Bruder — da hält er schon des alten Fräuleins Hände in den Seinen. Und jetzt — aha — er küßt ihr auch die Hand. Ja, alte Liebe rostet nicht! Sag' Einer, was er will! (Niest.) Gerechter

Gott, der Schnupfen wird immer ärger! (Setzt sich auf einen Stuhl in der Mitte der Bühne.) Meine arme Schwester, sie war des Barons Frau und konnte nicht verhindern, daß man ihr Kind unter falschem Namen in die Welt stieß. Natürlich sie war todt. Ein schöner Vater, der so etwas duldet. Ja, ja, das hat man davon, wenn man die Welt genießen will! Mein Wahlspruch war immer: Bleibe im Lande und nähre Dich redlich! (Niest.) Psalm 37 Komma 3.

(Ehrenzweig, Max und Kommissär treten durch die hintere Pforte ein.)

Ehrenzweig. Ich bitte, ein Protokoll über die Sache aufzunehmen. Solche Uebergriffe Seitens der Polizeiorgane verdienen strenge Rüge. Mich einzusperren auf einfache Denunziation eines verrückten Schullehrers hin! Empörend!

Max. Mich, einen Seconde-Lieutenant in solch' naßkaltes Loch! Majestätsbeleidigung! Armee, Bataillon, Kompagnie beschimpft. Ich kann nicht mehr, bin zu wüthend, schimpfen Sie weiter!

Ehrenzweig. Ach was! Sie können dem Schicksal nur dankbar sein, das Sie mit mir zusammenführte. Sie benützten Ihre Zeit vortrefflich, mir Ihren kahlen Berg aufzuschwatzen.

Max. Was? Sie unterschätzen das Grundstück? Denken Sie doch an den Nickel! Dreißig auf einen Thaler!

Ehrenzweig. Ah, ist ja Unsinn!

Wessely (niest.)

Ehrenzweig (ihn bemerkend). Wer ist denn das? Ah, der dicke Filou! Herr, glauben Sie, das würde so hingehen? Ich hänge Ihnen einen Prozeß an!

Max. Ich ebenfalls, ich verlange Genugthuung, Sie dicker Schelm, Sie!

Wessely (winkt mit dem Taschentuche, welches er zum Abwischen der Thränen benützte, ab).

Elfte Scene.

Vorige. Lustig. Aurora. Diogenes mit Johnna. Alexander mit Riekchen von Seite rechts.

Aurora (zu Lustig). Warum aber, als Sie meine Spur gefunden hatten, machten sie keinen Versuch sich mir zu nähern?

Lustig. Ich durfte es nicht. Der Sterbende nahm mir das Versprechen ab, Sie nicht eher aufzusuchen, als bis ich seinen Sohn gefunden hatte. Die meiner Sehnsucht auferlegte Frist sollte meinen Eifer anspornen.

Alexander. Ah, da ist ja unser lieber Schwiegervater! Rasch erst das Geschäft noch abgemacht; Aufklärung geben wir Ihnen später. Lieber Vater, mit Erlaubniß der Aelteren bitte ich um die Hand Ihrer jüngeren Tochter. Meine gute Tante hat den Bund gesegnet; bitte, machen Sie es ebenso!

Wessely (im höchsten Grade überrascht, schlägt die Hände über'm Kopf zusammen). Es ist nicht — (niest dann und hält das Taschentuch vor's Gesicht.)

Rieckchen. Papa hat geniest, das heißt so viel wie Ja!

Diogenes. Lieber Onkel, segne auch den Bund Deines Freundes und Neffen mit seiner geliebten Idnua. Was wir uns Beide sind, ist Dir ja längst bekannt!

Wessely (hebt gerührt die Hände über beider Haupt, geräth aber wieder in's Niesen und schüttelt wie wüthend über sich selbst die Hände zum Himmel, dann macht er eine Bewegung, als wollte er sagen: „Mir ist Alles recht, macht was ihr wollt" und setzt sich dann auf einen Stuhl links).

Rieckchen. Papa niest zum zweitenmale, das ist ein Zeichen großer Zufriedenheit!

Alexander. Die Sache ist also abgemacht und nun geschwind das Codicill verlesen; hoffentlich dauert es nicht lang.

Kommissär (der sich an den Tisch gesetzt und seine Papiere ausgebreitet hat). Nur eine Seite! Wünschen Sie es, so überschlage ich die Eingangs= formel.

Alexander. Natürlich, gleich auf die Hauptsache los.

Ehrenzweig (der sich von der entgegengesetzten Seite zu Aurora hinüber= geschlichen, sehr devot). Verehrte Freundin, ich bitte zu entschuldigen, wenn ich bei Ihrer Ankunft nicht zugegen war. Ein unangenehmer Zufall —

Aurora (kurz und kalt). Ich weiß davon! Ich bitte, lassen Sie uns niedersitzen. (Geht an ihm vorüber und setzt sich auf den ihr zunächst stehenden Stuhl am Tische.)

Stellung:

Commissär.

O Rieckchen.   O   O Idnua.

O Max.   O Diogenes.   [ ]   O Lustig.

O Wessely.   O Aurora.   O Alexander.

O Ehrenzweig.

Kommissär. Ich beginne gleich bei dem einzigen Paragraphen! (Liest.) Demgemäß hebe ich die auf meinen Universalerben bezüglichen Paragraphe des Originaltestamentes auf und verfüge, daß meinem Sohne Alexander außer der Herrschaft Schreckenstein, sämmtliche an anderer Stelle ver= zeichneten Realitäten sofort nach Veröffentlichung dieses auszuliefern sind. Dagegen ist von allem Baaren und Werthpapieren die ich hinterlasse, und von welchen ein genaues Verzeichniß diesem Codicille beigegeben ist, meinem Sohne Alexander nur die genaue Hälfte auszufolgen; die zweite Hälfte aber soll meinem Sohne aus erster Ehe mit Pauline Wessely, welcher unter dem Namen Hermann Odur in die Geburtsregister der Faubourg Saint Germain eingetragen wurde, nachdem er seine Identität gehörig nachgewiesen haben wird, ohne jeglichen Abzug überliefert werden. Derselbe war geboren am 14. Juli 1852 zu Paris.

Alle. Ah, bravo!

Ehrenzweig (für sich). Alle Teufel!

Kommissär. Das Uebrige ist nur Formalität.

Ehrenzweig. Der Sohn des Baron Dittersbach aus erster Ehe existirt nicht; er starb vor vielen Jahren in der Normandie.

Lustig. Sie irren, Herr Doktor; er lebt und ist hier gegenwärtig.

Ehrenzweig. Wer sind Sie, mein Herr?

Lustig. Der Vollstrecker des Testamentes, Nepomuk Wessely!

Ehrenzweig (für sich). Verdammt! (Laut.) Und wer von den Anwesenden gibt sich für diesen Sohn aus?

Diogenes (vortretend). Ich bin so frei.

Ehrenzweig. Ich lege Protest ein; der selige Baron wurde getäuscht. Wo sind die Beweise für die Identität dieses Herrn mit dem verstorbenen Knaben?

Lustig. Ich werde die Akten über die Gerichtsverhandlung zur Stelle schaffen.

Ehrenzweig. Aha, nicht bei der Hand! Herr Kommissär, ich lege Verwahrung ein.

Kommissär. Mit welchem Rechte?

Ehrenzweig. Als Beistand dieser Dame, der Freiin Aurora von Dittersbach, meiner zukünftigen Gattin.

Aurora (empört). Was sagen Sie? Ich bin nicht Ihre Braut und war es nie. Sie wissen selbst am besten, daß ich mich einem Andern anverlobt betrachtete und heute ist dies mehr wie je der Fall!

Ehrenzweig. Trotzdem er längst vermählt und Vater großer Kinder ist?

Aurora (lächelnd). Das ist ja gar nicht wahr!

Ehrenzweig. Dort sitzt ja das Monstrum —

Wessely (hebt drohend die Faust gegen Ehrenzweig und niest).

Aurora (aufstehend). Sie irren sich, das ist der Rechte nicht. Hier steht Herr Wessely, der sich vormals Odur nannte. (Ergreift Lustigs Hand.)

Alle (klatschen in die Hände und rufen): Bravo!

Max. Hoch, Odur, hoch!

Ehrenzweig. Wenn auch; Sie werden zu Protokoll nehmen, daß kein Beweis für die Echtheit des Erben beigebracht ist.

Kommissär. Ereifern Sie sich nicht, ich kenne meine Pflicht.

Lustig (halblaut zu Aurora). Das habe ich befürchtet. Meine Schuld!

Diogenes. Ich habe den Beweis in meiner Tasche. Erst gestern, wo ich auf dem Bergamte einen Schurf für jenen kahlen Berg löste, war ich desselben als Legitimation benöthigt. Hier. (Gibt dem Kommissär ein Papier.)

Ehrenzweig (erschreckt). Wie? Einen Schurf auf jenen Berg?

Max. Der Meinige!

Ehrenzweig. Nicht doch; ich habe ihn gekauft!

Max. Für 15.000 Mark; es stimmt!

Diogenes. Behalten Sie nur Ihren Berg in Gottesnamen. Ich habe das Schurfrecht und morgen schon schlage ich ein. Jetzt haben wir ja Geld genug dazu. Gebrüder Dittersbach und Kompagnie.

Ehrenzweig. Das ist Betrug. Ich bin getäuscht. Der Kauf ist ungiltig! (Zu Max.) Geben Sie den Wechsel her!

Max. Fällt mir nicht ein! Die Sache ist abgemacht!

Aurora (zu Ehrenzweig). Ich zahle den Wechsel und der Berg bleibt sein!

Ehrenzweig. So hole Alles denn — ! Herr Kommissär — die Legitimation — ist sie genügend oder nicht?

Kommissär. Hier ist der Geburtsschein in aller Form und auch der Todtenschein. Wo aber ist der Beweis, daß Sie noch leben?

Diogenes (wendet den Bogen um und hält die aufgeschlagene Seite dem Kommissär hin). Hier ist mein Auferstehungsdiplom!

Kommissär. Ganz richtig. Der Todtenschein wird für ungiltig erklärt in Folge stattgehabter Täuschung der Behörde; bestätigt von der Mairie, übersetzt und beglaubigt von unserer Botschaft in Paris. Ich gratulire mein Herr, die Legitimation genügt vollkommen.

Alle (in die Hände klatschend). Bravo, bravo!

Ehrenzweig (vernichtet zu Aurora). Sie zahlen den Wechsel?

Aurora. Jederzeit!

Ehrenzweig. Alles umsonst — verdammt! (zieht sich zurück.)

Max. Alle hat der Onkel bedacht, nur mich nicht! Ich bleibe der arme Teufel, wie zuvor.

Aurora. Getrost, ich verlasse Dich nicht!

Iduna. Sie sollen nicht umsonst wegen Erlösung von Ihren Gläubigern auf mich gerechnet haben. Mit Erlaubniß meines Gatten kaufe ich Ihnen Ihr Rittergut zum höchsten Preise ab.

Alexander. Bravo, und als Eigenthümer des Berges beziehst Du einen Antheil am Nickelgewinn; lässest Dich hier nieder und machst Dich nebenbei als Standesbeamter nützlich, denn unser lieber Papa soll von jetzt ab seine Tage in Ruhe genießen.

Diogenes. Aber Ihre Frau, die geborene Schachtelmannshansen bringen Sie mit, denn —.

Rieckchen (einfallend). Es ist nicht gut, daß der Mensch allein sei!

Wessely. Moses I. 2, 18. (Niest.)

Ende.

Von demselben Autor sind bis jetzt erschienen:

Ernst und Humor in Poesie und Prosa.

Gedichte und Erzählungen. Zürich 1879. 3 Mark.

Der flammende Stern.

Dramatisches Gedicht in 5 Akten. 2. Auflage. Wien 1879. 3 Mark.

Eine Frau vom Theater.

Schauspiel in 5 Akten. Wien 1879. 2 Mark.

Vom Theater.

Drei humoristische Erzählungen. Leipzig 1879. 20 Pfennige.

Die Sternschnuppe.

Zeit- und Lebensbild in 4 Akten. Leipzig 1880. 20 Pfennige.

Karl der Große.

Dramatisches Gedicht in 5 Akten. Wien 1880. 3 Mark.

Der deutsche Michel.

Komödie in 4 Akten. Wien 1880. 3 Mark.

Moses I. 2, 18.

Lustspiel in 4 Akten. Wien 1881. 2 Mark.